1장
침락(2)

쥐뿔도 없는 회귀

쥐뿔도 없는 회귀 18

목마 퓨전 판타지 장편소설

초판 1쇄 찍은 날 | 2019년 12월 23일
초판 1쇄 펴낸 날 | 2019년 12월 31일

지은이 | 목마
펴낸이 | 예경원

기획 | 위시북스
편집책임 | 이은송
편집 | 위시북스

펴낸곳 | 예원북스
등록번호 | 제396-2012-000132호
등록일자 | 2012. 7. 25
KFN | 제1-504호

주소 | 경기도 고양시 일산동구 호수로 646-24 위너스21II빌딩 206A호 (우)10401
전화 | 031-819-9431 팩스 | 031-817-9432
E-mail | yewonbooks@naver.com

ISBN 979-11-365-0681-8 04810
       979-11-6098-833-8 (set)

쥐뿔도 없는 회귀

목마 퓨전 판타지 장편소설

18

WISHBOOKS FUSION FANTASY STORY

Wish Books

CONTENTS

1장 침략(2)   7

2장 침략(3)   57

3장 절망(1)   93

4장 절망(2)   143

5장 드래곤   213

6장 무신(1)   271

제니엘라는 서두르지 않고 숲을 거닐었다.

그녀는 숲 곳곳에서 관측안과 사역마들의 시선이 자신을 살피고 있다는 것쯤은 처음부터 눈치채고 있었다. 나름대로는 숨기려고 노력한 모양이었지만, 제니엘라가 느끼기에는 노골적일 뿐이었다.

위치를 모조리 파악하고 있음에도 제니엘라는 사역마와 관측안을 무시했다. 보려면 마음껏 보라는 마음이었다.

숲이 흔들리고 있다. 그녀는 두 눈으로 보지 않아도 모조리 느낄 수 있었다. 몸은 마력에 예민해져 있었고, 들끓는 마력이 이 숲에서 무슨 일이 벌어지고 있는지 전해주었다.

예상했던 대로 리치와 요괴, 데스 나이트들이 힘도 제대로 쓰지 못하고 죽어가고 있었다.

놀랄 것도 없었다. 볼란데르도 없고 적귀도 없다. 아르베스도, 김종현도 없다. 제니엘라가 끌고 온 것은 머릿수만 많지 실속이 없는 집단이다.

제미니는 제니엘라의 뒤를 따라가고 있었다. 그녀는 제니엘라의 행동을 이해하고 싶지 않았지만, 수백 년 동안 함께 지내온 덕에 제니엘라가 왜 '이런' 무의미하고, 효율 떨어지는 짓을 하고 있는지를 잘 이해하고 있었다.

'절망을 주기 위해서야.'

제니엘라는 언제나 그랬다. 코앞까지 희망을 들이밀고서 그것을 낚아챈다. 상대가 바로 앞에 있는 희망에 매달려 발버둥치는 것을 즐겁게 바라보다가 그것을 빼앗고 짓밟는다.

지금도 똑같았다. 제니엘라는 자신이 데리고 온 실속 없는 병력을 죽음으로 몰아넣으며 상대에게 희망을 주고 있었다. 어쩌면 이길지도 모른다. 그런 희망 고문을 하고 있는 것이다.

처음부터 완전한 승리를 바랐다면 이렇게 움직일 필요가 없다. 유령선을 들이밀어 결계를 뚫고 들어와, 병력을 풀어놓고 제니엘라가 앞장서서 학살을 벌였으면 되었다.

뛰어난 마법사? 그들이 아무리 완벽한 준비를 해놓았다 한들 보름달 아래의 제니엘라는 무적이다. 그들의 마법은 그녀의 육체를 파괴할 수는 있어도 죽음을 내릴 수는 없다.

인간의 한계를 뛰어넘은 무인? 그들도 마찬가지다. 결국에는 인간이고, 제니엘라는 인간을 죽이는 것에 도가 튼 흡혈귀였다.

"무슨 생각을 하고 있을까?"

제니엘라가 키득거리며 웃었다.

"첸과 쿤은 죽을 거야. 그들이 감당하기에는 상대가 너무 강해."

"그렇겠지."

"주원은 승리하겠지만. 결국, 내가 데리고 온 녀석 중에서 승리하는 것은 주원뿐이야. 나머지는 전부 죽겠지."

"하지만 퀸은 건재해."

"맞아."

제니엘라가 웃으며 한 대답에 제미니의 입꼬리가 씰룩거렸다.

제니엘라는 첸과 쿤이 죽게 될 것을 알고 있다. 그 오랜 시간을 함께 보냈음에도 제니엘라는 첸과 쿤의 죽음에 슬픔과 아쉬움을 느끼지 않는다. 그런 감정은 진즉에 마모되었다.

그녀의 바람은 이 세상을 멸망시키는 것이다. 멸망하는 미래를 보았고, 그 미래에 마음을 빼앗겼다. 수백 년 동안 학살 포식이 출현할 미래를 만들기 위해 행동해 왔다.

그 미래가 사라지고, 더 이상 미래를 볼 수 없게 되었어도. 제니엘라의 바람은 바뀌지 않는다. 여전히 그녀는 세상의 멸망을 바라고 있다.

"그들이 승리를 확신했으면 좋겠어. 각자의 싸움을 끝내고 귀창에게 합류해서, 그와 함께 나를 공격했으면 좋겠어."

그녀의 두 눈이 몽롱하게 변했다. 아직 일어나지 않을 미래를 상상하며 가슴 깊은 곳에서 즐거움을 느꼈다.

승리를 확신하는 이성민의 얼굴을 그려본다. 그 얼굴을 직접 보게 된다면……

'아, 아.'

제니엘라는 어깨를 바르르 떨면서 자신의 가슴을 움켜쥐었다.

"그것을 짓밟아 버리고 싶어."

이성민을 죽일 생각은 없다. 하지만 그의 동료는 아니다.

이 숲에 있는 이들. 누구를 먼저 죽일까? 역시 묵섬광일까? 아니, 그녀의 죽음은 최대한 뒤로 미루자. 적색 현자? 그녀도 먼저 죽이기에는 아깝다. 가급적이면 친분이 적은 쪽을 먼저 깔끔하게 죽이고, 묵섬광과 적색 현자에게는 고통스러운 죽음을 주도록 하자.

이성민이 보는 앞에서 사지를 찢어 죽여 버리자. 아니면 배를 갈라 버리던가 뱀파이어로 만들어도 괜찮을 것 같았다.

"그를 뱀파이어로 만들 거야?"

"그가 애원한다면."

사지를 뜯어 죽어가는 시체를 앞두고, 이성민은 어떤 표정을 지을까. 승리에 대한 확신이 사라졌을 때 어떤 절망이 그를 가득 채울까. 제발 살려달라고 목숨을 구걸하게 하고 싶다. 그때가 되면 제니엘라는 웃으며 권할 것이다. 뱀파이어가 되겠느냐고.

'아이네……'

프레스칸은 숨을 죽이고 제니엘라의 뒤를 따르고 있었다. 그는 앞서 걷는 두 마리 뱀파이어가 나누는 대화에는 관심을 두지 않았다.

프레스칸은 자신이 이들 무리 중 유일한 상식인임을 믿어 의심치 않았다. 저들이 나누는 비상식적인 이야기를 이해하는 것은 시간 낭비다. 그러기보다는 아이네를 구출하는 것이 먼저다.

'왜 이리 느리게 걷는 거야?'

제니엘라와 제미니는 한껏 여유를 부려가며 걷고 있었다. 그녀들의 속도에 프레스칸은 끓는 속을 삭였다.

그렇다고 빨리 가자고 고함을 지를 수는 없었다. 마음에 안 든다고 속도를 내서 먼저 가버릴 수도 없었다.

프레스칸은 자신의 주제를 잘 알았다. 지금 그가 먼저 가버린다면, 저 앞에서 기다리고 있는 성녀의 신성력에 소멸해 버릴 것이다. 아니면 귀창, 그 빌어먹을 심장 도둑이자 납치범에게 소멸당하거나.

'아이네…… 기다리거라.'

프레스칸의 가슴속에서 부성애가 불타올랐다.

아이네의 몸은 축 늘어져 있었다. 그녀는 이미 심장이 없는 시체였다.

무릎을 꿇고 주저앉은 이성민의 곁에는 오슬라가 경직된 얼굴로 서 있었다.

가슴 속에서 들리는 고동이 어색했다. 내 몸이 내 몸인 것 같지 않은 이질감이 느껴졌다. 변이는 성공했다.

애초부터 이성민의 몸은 요괴였다. 오슬라의 도움으로 아이네의 심장을 포식했다. 아이네가 가지고 있는 힘은 거의 취하지 않았다. 이성민이 취한 것은 심장뿐이었다.

"거래는 만족스러우십니까?"

네블이 물었다.

이성민은 가슴에 손을 얹고서 천천히 머리를 끄덕거렸다.

간절함은 그를 각성시키지도 않았고, 무공의 새로운 경지로 나아가게 만들어주지도 않았다. 그 대신에 자신이 무엇을 쓸 수 있는가를 머리가 터지도록 생각하게 했다.

에레브리사는 모든 것을 취급한다. 여태까지 이성민은 에레브리사를 편리한 상점 정도로만 인식하고 있었다.

오랜 기억을 더듬었다. 므쉬의 산에서의 기억. 에레브리사는 므쉬에게서 '혼'까지 구입하고는 했었다.

"예."

거래는 만족스러웠다.

이성민은 에레브리사에게 아이네의 혼을 팔았다. 혼이 뽑히고 텅 빈 육체만이 남았다. 그렇게 만들고 나서야 이성민은 아이네의 심장을 취했다.

이성민이 원하는 것은 아이네가 가지고 있는 힘이 아니었다. 어차피 그만한 힘을 이 몸뚱이로 감당해 낼 자신도 없었다. 이성민에게 필요한 것은 아이네가 가지고 있는 검은 심장이었다. 그것을 취함으로써 이 불완전한 몸뚱이에 부족한 것을 더해볼 생각이었다.

이성민은 손을 들어 자신의 얼굴을 어루만졌다. 반쯤 벗겨진 각질을 손끝으로 밀어냈다.

그는 축축하게 젖은 몸을 내려 보았다.

'환골탈태……'

완전한 환골탈태는 아니었다. 하지만 노림수는 어느 정도 성공했다. 검은 심장은 소유자를 상황에 맞게 진화시킨다.

본래부터 이성민이 가지고 있는 검은 심장은 완성되어 있었지만, 아이네의 것이 더해지면서 강제로 진화에 성공했다. 반쪽짜리 환골탈태라 해도 안 하는 것보다는 낫다.

"이만한 혼을 구입하는 것은 처음 있는 일입니다. 대가는 무엇으로 받으시겠습니까?"

"나는 뱀파이어 퀸과 싸울 생각입니다."

이성민은 앉아 있던 몸을 일으키며 대답했다.

"그녀와의 싸움에 무엇이 필요할까요?"

"도망칠 용기죠."

네블이 쓰게 웃으며 대답했다.

"정말로 퀸과 싸우실 생각이라면, 지금이라도 생각을 고치십시오. 오늘은 만월입니다."

"도망칠 수 없습니다."

"……안타깝게도…… 저희로서는 퀸과의 싸움에 도움이 될 만한 물건을 가지고 있지 않습니다."

"그렇다면 대가는 다음에 받도록 하겠습니다."

이성민의 대답에 네블은 걱정스러운 표정을 지으며 잠시 고민했다. 하지만 그가 아무리 궁리를 해보아도 뱀파이어 퀸과의 싸움에 쓸 만한 조언을 주기는 불가능했다.

네블은 한숨을 내쉬며 머리를 끄덕거렸다.

"다음에 다시 만날 수 있기를 바라겠습니다."

"받아야 할 것이 있으니 다시 만날 수 있을 겁니다."

"무엇을 받을 생각이십니까?"

"라플라스를 만나게 해주십시오."

이성민의 말에 네블의 얼굴이 살짝 굳었다.

"그건 제 관할이 아닌……."

"그 문제도 다음에 논의하도록 하지요. 아, 혹시나 해서 물어보는데…… 퀸의 혼을 판다면, 구입할 수 있으십니까?"

"그건…… 상황이 된다면 구입이야 할 수 있겠지요. 하지만 혼을 뽑아내기 위해서는, 퀸이 완전히 제압된 상태로 있어야 합니다."

"가능한 상황이 된다면 부르겠습니다."

그 말을 듣고서, 네블은 꾸벅 머리를 숙이며 그림자 속으로 사라졌다. 이성민은 얼굴을 뒤덮은 각질을 손으로 문질러 닦았다.

곁에서 보고 있던 오슬라가 한숨을 쉬며 손가락을 튕겼다. 시원한 바람이 이성민의 몸을 스치고 지나갔다.

이성민은 말끔해진 얼굴로 오슬라를 향해 살짝 머리를 숙였다.

"감사합니다."

"대단한 일을 한 것도 아닌걸……. 어때? 할 수 있겠어?"

"해봐야 알겠지요."

"나도 최대한 도와주겠지만…… 단순한 힘으로 난 퀸의 상대가 안 돼. 격은 내 쪽이 더 높기는 하지만…… 그것도 너무 믿지는 마. 말했었지? 제니엘라는 초월자가 아니면서도 초월자보다 강하다고."

"이 넓은 세계 어디에서 싸우든, 요정의 숲에서 싸우는 것만큼 내가 유리한 입장에 서는 일은 없을 겁니다."

제니엘라가 오고 있다. 누가 알려주지 않아도, 이성민은 그것을 확실하게 느끼고 있었다.

예민해진 감각이 다가오는 불길함을 감지하고 있다. 수백 년 동안 살아오며 힘을 축적해 온 괴물의 여왕이 이곳으로 오고 있다.

[참 많이 컸어.]

허주가 중얼거렸다.

[400년 전의 제니엘라도 강하기는 했지만, 이 정도는 아니었다.]

'긴 시간이니까.'

[그래도 이 어르신보다는 아니야. 그리고, 어렴풋이 느끼기에는…… 죽은 네 스승과 잘 쳐주면 비슷하겠군. 사실 그건 싸워봐야 아는 것이지만.]

그 말을 들은 이성민이 큭큭거리며 웃었다. 이만한 조건을 갖추었음에도 그는 아직 사마련주와 같은 곳에 서지 못했다. 만약 이곳에 있는 것이 이성민이 아닌 사마련주였다면, 사마련주가 죽지 않았더라면. 이런 상황이 되지도 않았을 것이다.

그렇게 생각해 보면 사마련주는 정말 대단한 위인이었다. 그는 허주와 함께 종언이 시작되게 만들었고, 종언을 끝낼 수도 있는 존재였다.

"스승님은 없어."

죽었다고 말하지는 않는다. 그는 이 세상을 탈출하여 먼 길을 떠났다. 스승님이 살아 있었다면…… 그런 생각은 무의미하다. 아무리 바라고, 그리워해 봤자 그는 돌아오지 않는다. 지금 이곳에 있는 것은 사마련주도, 위지호연도 아닌 이성민이었다.

이성민은 품 안에 넣어둔 가면을 손으로 움켜쥐었다.

"내가 해야 해."

[두렵지 않나?]

허주가 물었다. 뭐 하러 묻는 거야? 허주의 질문에 이성민은 그렇게 되물었다.

"네가 가장 잘 알잖아."

허주와 이성민은 심령으로 연결되어 있다. 이성민이 두려움을 내색하지 않아도, 허주는 이성민의 두려움을 느끼고 있다. 허주는 크게 한숨을 내쉬며 말했다.

[학살포식을 소멸시켰을 때만 해도 모든 것이 잘 풀릴 줄 알았지.]

"나도 마찬가지야."

[네가 10년이 지나 눈을 떴을 때도. 별다른 어려움은 없을 줄 알았다.]

"나는 언제나 상대가 안 좋아. 나보다 강한 놈들과 싸우지."

[이번에는 그게 좀 과하군.]

"더 이상 운명의 가호를 받고 있지 않으니까."

이성민은 문득 떠오르는 것이 있어서 아공간 포켓에 손을 집어넣었다.

[야, 너.]

허주는 이성민이 무슨 생각을 하는지 알고서 어이가 없어 목소리를 냈다.

이성민은 꺼낸 계란을 한 손으로 쥐었다. 그리고 주변에 있는, 가장 큰 바위를 향해 계란을 던졌다.

꽈직!

내공을 담아 던진 계란이 바위를 박살 냈다. 조각나 떨어지는 바위의 잔해 너머에서 계란이 데굴데굴 땅 위를 굴렀다.

"잘 던지면 계란도 바위를 부술 수 있어."

[미친놈.]

허주가 헛웃음을 흘리며 중얼거렸다.

왜 프라우에게 한 소리 들었을 때, 이런 식으로 반박하지 못했을까. 이성민은 뒤늦은 아쉬움을 느꼈다.

‘온다.’

테레사는 따닥거리며 이빨을 부딪쳤다. 스멀거리며 올라오는 공포의 감각이 낯설고도 두려웠다. 도망치고 싶다고 생각했고, 그래서는 안 된다는 생각에 떨리는 어깨를 붙잡았다.

[괜찮아?]

머릿속에서 스칼렛의 텔레파시가 들렸다.

[무슨 일인가?]

그간 침묵하고 있던 로이드도 그렇게 질문했다.

"괜……."

찮아요.

그 말이 목구멍에 걸려서 나오지 않았다. 테레사는 크게 숨을 삼켰다. 이런 느낌의 공포는 익숙하지 않았다.

코홀리개 시절에도 귀신의 존재를 믿은 적은 없다. 이 세계로 소환되어 신의 목소리를 듣지 못하게 되었을 때도, 테레사는 다른 성직자들이 그런 것처럼 절망하거나 공포를 느끼지는 않았다.

신의 목소리를 듣지 못하게 되었어도 테레사는 다른 세상에 있는 신의 존재를 믿어 의심치 않았다. 언제나 신의 가호를 받아왔기 때문에, 공포를 느껴본 적이 거의 없다.

종언의 존재를 알게 되었음에도 테레사는 절망보다는 희망을 가졌다. 오만이라 해도 좋을 것이다. 테레사는 어렴풋이, 자신이 함께하고 있으니 이 세상이 종언을 맞이할 일은 없을 것이라 생각하고 있었다. 왜냐하면, 그녀는 성녀였으니까.

하지만 지금은 두렵다. 두려워서 견딜 수가 없었다. 비명을 지르며 도망가고 싶었다.

테레사는 로자리오를 꽉 움켜쥐었다.

"신이시여."

그녀는 몇 번이나 불렀던 신의 이름을 불렀다. 하지만 여전히 신의 목소리는 들리지 않는다. 테레사는 비틀거리며 몸을 일으켰다.

그녀는 눈가에 맺힌 눈물을 손등으로 비벼 닦으며 영상을 확인했다.

[무슨 일이야? 왔어?]

걱정스러운 표정을 한 스칼렛이 보인다. 그녀는 자신의 싸움을 하고 있는 와중에도 쉴 없이 테레사에게 말을 걸며 불안을 덜어주려 애를 쓰고 있었다.

[너무 무리하지는 말게.]

굳은 표정의 로이드도 보인다.

"도망치지 않을 거예요."

테레사는 움켜쥔 로자리오를 가슴에 붙이며 중얼거렸다.

첸과 쿤을 몰아붙이고 있는 백소고와 흑룡협을 본다. 테레사의 시선이 흑룡협에게 멈추었다.

잠시 흑룡협의 얼굴을 보던 테레사는 머리를 덮고 있는 사제복의 후드를 넘겼다. 창백한 뺨을 양손으로 문지르다가 짝하고 뺨을 때렸다. 싸한 아픔을 느끼며 테레사는 아랫입술을 잘근 씹었다.

"왔어요."

힘을 주어 로자리오를 쥔다.

바로 앞에 있는 영상을 확인했다. 느긋하게 걸어오는 제니엘라가 호숫가로 진입하고 있었다.

이쪽에서는 아직 육안으로 제니엘라를 포착할 수가 없다. 눈으로 보일 정도까지 다가오면 늦다. 어쩌면, 제니엘라는 이미 테레사를 보고 있을지도 모른다.

실제로 그랬다.

제니엘라는 호수 앞에 서 있는 테레사를 보았다. 제니엘라는 입술을 열어 혀를 내밀었다.

갈증을 느끼며 아랫입술을 핥았다. 저게 성녀겠지. 도망치고 싶어 하는 얼굴을 하면서도 도망치지는 않았다.

"기특하게도."

제니엘라는 쿡쿡 웃었다.

키이잉.

공간이 진동했다. 확 하고 터진 빛이 어둠을 소멸시켰다. 제니엘라의 걸음이 멈추었다.

눈 부신 빛의 결계가 호수로 가는 길을 가로막았다. 숲 전체를 휘감았던 결계와 비교도 할 수 없이 단단하다.

제니엘라는 코앞에 있는 빛의 벽을 향해 손을 뻗었다.

파지지직!

닿는 순간 성화(聖火)가 제니엘라의 손을 불태웠다. 그녀는 손을 불태우는 성화를 떨쳐내며 배시시 웃었다.

타들어 간 손은 순식간에 재생한다. 맨몸으로 뚫고 들어가는 것은 품위가 떨어진다. 제니엘라는 몇 걸음 뒤로 물러섰다.

콰르르르!

제니엘라의 몸에서 붉은 마력이 솟구쳤다. 제니엘라는 몸을 뒤덮은 마력을 오른손 위로 모았다. 그녀가 내뿜는 마력은 피처럼 붉고 끈적거렸다. 오른손 위에 모인 마력이 둥그런 구체가 되었다.

제니엘라는 손바닥 위의 구체를 천천히 던졌다.

쫘아아앙!

커다란 폭발이 공간을 뒤흔들었다. 터진 구체에서 뿜어진 마력이 신성력의 결계를 침범했다.

"……아……!"

테레사의 입에서 억눌린 비명이 터져 나왔다. 그녀는 휘청거리는 다리에 힘을 주고서 이를 악물었다.

벌써 무너지면 안 된다. 테레사는 입안을 채운 핏물을 삼키며 결계를 더욱 견고히 했다.

"아악!"

쫘아앙!

제니엘라의 마력이 다시 한번 결계를 후려갈겼다. 테레사의 입에서 비명이 터졌다.

어떻게든 버티기 위해 힘을 주었던 다리가 풀려 자리에 주저앉았다. 파들거리며 떨리는 입술 사이에서 피가 흘렀다.

제발. 테레사는 떨리는 손으로 로자리오를 잡았다. 테레사는 간신히 눈을 들어 흑룡협의 모습을 찾았다.

"……도와주세요……."

울먹거리는 바람은 전해지지 않았다.

또 결계가 뒤흔들렸다. 테레사의 눈과 코에서 검은 핏물이 뚝뚝 흘렀다.

"신……."

테레사는 떨리는 입술을 열어 그를 찾았다. 아무리 불러봤자 대답이 돌아오지 않는다는 것을 알면서도.

쿠우웅!

여태까지와는 비교가 안 되는 충격이 결계의 외곽을 부수었다.

"쿨럭."

테레사는 참지 못하고 입에 가득 찬 피를 토했다. 시커먼 피가 후두둑거리며 아래로 떨어졌다. 테레사는 절망스러운 눈으로 자신이 토한 피를 보았다.

'더 버텨야 하는데…….'

누군가가 테레사의 어깨를 잡았다.

그녀는 머리를 돌려 뒤를 보았다. 이성민은 눈과 코, 입에서 검은 피를 줄줄 흘리는 테레사를 안쓰러운 눈으로 보았다. 이성민의 손이 테레사의 혈도를 점했다.

"잘 해주셨습니다."

테레사는 멀어지는 의식 속에서 그런 말을 들었다.

'이렇게 쉬어도 되는 걸까?'

의식이 끊어지기 직전에, 테레사는 그런 불안과 공포를 느꼈다.

이성민은 축 늘어진 테레사의 몸을 안아 들고 뒤에 있는 오슬라에게 맡겼다.

"부탁드립니다."

"알겠어."

오슬라가 머리를 끄덕거리며 테레사를 품에 안았다. 그녀는 호수로 다가가 테레사의 몸을 조심스레 내려놓았다.

호수의 물방울이 테레사의 몸을 감쌌다. 수면 아래에서 작은 요정들이 걱정스러운 표정을 지으며 테레사의 몸을 받아주었다.

　　테레사가 정신을 잃은 것으로 결계는 사라졌다. 이성민은 심호흡을 하며 앞으로 걸어갔다.

　　멀리 서 있는 제니엘라가 활짝 웃는 것이 보였다. 이성민이 제니엘라를 보는 것처럼, 제니엘라도 이성민을 보고 있었다.

　　[쪼개기는.]

　　허주가 투덜거렸다. 이성민은 창을 꽉 쥐었다. 오슬라가 긴장한 얼굴로 이성민의 뒤에 섰다.

　　"협상하자면서요?"

　　제니엘라가 물었다. 거리가 제법 멀었지만, 그녀의 목소리는 바로 옆에서 말한 것처럼 생생하게 들렸다.

　　"협상하려고 왔으면 이렇게 와서는 안 되지."

　　"그것을 따지려면 애초에 당신이 아이네를 납치한 것이 먼저잖아요. 그래서, 어땠어요?"

　　제니엘라가 이를 드러내며 웃었다.

　　"맛있었나요?"

　　"아니."

　　가슴 안의 고동은 여전히 이질적이다.

　　"화낼 것이라고 생각했는데."

"내가 이곳까지 온 이상, 당신이 그 아이를 살려둘 필요가 없죠. 내가 바보인 줄 알아요? 내가 여기에 직접 오면, 당신이 얌전히 아이네를 돌려줄 것이라고는 애초에 생각하지도 않았어요."

"그런데 왜 직접 왔지?"

"지금의 나는 미래를 볼 수 없으니까. 그래서 직접 확인하기 위해 왔죠. 그리고, 더 이상 당신을 봐줄 생각이 없기도 했고."

이 정도면 충분히 많이 봐줬잖아요. 제니엘라가 어깨를 으쓱거렸다.

"여기가 마지막이에요. 차라리 도망치지 그랬어요?"

"여기서 싸우는 것이 최선이었으니까."

"아하핫……. 요정 여왕의 힘을 믿나 보죠?"

제니엘라는 그렇게 말하면서 오슬라를 보았다. 오슬라는 차갑게 식은 눈으로 제니엘라와 시선을 맞대었다. 제니엘라의 입꼬리가 씰룩거리며 올랐다.

"확실히. 오늘이 보름달이 아니었다면, 이 장소에서 싸우는 것은 나에게 정말 불리했을 거예요. 하지만 오늘은 보름달이죠."

제니엘라는 오슬라의 힘을 무시하지는 않았다. 특히 이곳은 오슬라가 전력을 발휘할 수 있는 그녀의 영지다.

"자신이 없다면 오지도 않았을 거야."

제니엘라가 걷기 시작했다.

제미니는 움직이지 않았다. 그녀는 뚱한 눈으로 이성민을 보았다. 내심, 그녀는 이성민이 도망쳐 주기를 바라고 있었다. 아무리 긍정적으로 생각해 보아도, 이성민이 제니엘라를 쓰러뜨리는 것은 불가능한 일이었다. 아무리 좋은 조건을 갖추었다고 해도 보름달 하나가 모든 것을 상쇄해 버린다.

'그래서는 안 되는데.'

제미니가 제니엘라에게 품은 살의는 진짜다. 그녀는 제니엘라를 사랑했지만, 동시에 제니엘라를 어떻게 해서든 죽이고 싶었다. 하물며 제니엘라가 바라는 것이 이 세상의 멸망인 이상, 제미니로서는 무슨 수를 쓰더라도 제니엘라를 죽여야만 했다.

저 미친 뱀파이어 퀸은 스스로 자살을 바라고, 자신의 모든 혈족에게 세상의 멸망과 자살을 강제하고 있었다. 하지만 제미니는 죽고 싶은 마음 따위는 조금도 없었다.

"뭐……?"

시간이 멈춘 것처럼 정지해 있던 프레스칸의 의식이 움직였다.

"아이네가…… 잠깐…… 그럴 리가. 아이네가……."

"죽었어."

제니엘라는 프레스칸을 돌아보지 않고서 대답했다. 프레스칸의 절망조차도 제니엘라에게는 유흥거리였다.

"설마 살아 있을 것이라고 생각했어? 너무 희망찬 전개를 바라고 있던 것 아니야? 잘 생각해 보면 아이네가 살아 있을 이유가 조금도 없잖아."

"그…… 런…… 그럴 리가……. 퀸……?"

"어쩔 수 없는 거야. 내가 앞에 있었으면 막았겠지만, 내가 없는 사이에 죽어버렸잖아."

"아아아아아!"

프레스칸이 울부짖었다. 그는 그 자리에 주저앉아 절망과 증오에 가득 찬 울음을 토해냈다.

제니엘라에게는 그 소리가 듣기 좋은 음악으로 들렸다. 그녀는 만족스러운 얼굴로 웃었다.

"이번에는 도망칠 수 없을 거예요."

"도망칠 생각도 없어."

"그럼 죽을 생각인가요?"

"아니."

"이길 수 있다고 생각해요?"

"아니."

"뭐야 그게."

제니엘라가 피식 웃었다. 제니엘라의 몸이 붉은 구체에 삼켜지고 그녀의 몸이 둥실 떠올랐다.

"그러면 재미없잖아요."

이성민은 보름달을 등지고 떠오르는 제니엘라의 모습을 보았다. 제미니는 움직이지 않는 건가? 계속 가만히 있어주면 좋을 텐데.

기왕이면 적극적으로 도움을 주는 것을 기대했지만, 사실 제미니가 그럴 이유는 없다. 언제나 제미니는 줄 수 있는 만큼의 도움만을 주었다. 인제 와서 제니엘라와 완전히 갈라서는 행동은 하지 않을 것이다.

"최대한 보조할게."

오슬라가 딱딱한 목소리로 대답했다.

"공격 쪽에서 보조해 줄 수는 없어. 내 공격은 너의 창보다 약해. 대신에, 내 가호가 너를 보호할 거야."

[두 눈과 귀를 믿지 마라. 보름달의 제니엘라는 불사신에 마력의 화신이다. 네 감각을 믿어라. 여태까지 싸워온 경험을 믿어. 그리고 나를 믿어라. 네가 보지 못하는 것은 내가 본다.]

허주의 요력을 끌어 올렸다. 이성민의 몸이 자색 요력에 휘감겼다.

[잊지 마라. 상대는 불사신이다. 죽지 않는다는 것을 염두에 두고 싸워라. 결정타를 남발하지 마라. 지금 몸뚱이가 어느 정도나 가능할지는 모르겠지만, 무극은 성급히 쓰지 마라. 이전처럼 탈진해 버린다면 거기서 끝난다. 네놈이 죽는 것으로 말이야.]

이성민은 머리를 끄덕거렸다.

절대로 그 사실을 잊어서는 안 된다. 상대는 죽지 않는 괴물이다. 심장을 꿰뚫고 머리를 박살 낸다고 해도 죽지 않는다.

[아직 달이 저물려면 시간이 많이 남았다. 운 좋게 달이 저물 때까지 버틴다고 해도 큰 의미는 없을 거야. 저 계집의 마안이 보름달을 만드는 것인 이상 말이다. 크크! 이런 조건을 갖추었음에도 네게 유리함은 조금도 없구나.]

알고 있다. 오늘이 되기까지 몇 번이나 상상해 왔다. 상상 속에서 제니엘라와 싸울 때, 이성민은 항상 패배했다.

상상 속이니까 한 번쯤은 이기는 것을 상상해 봐도 좋을 텐데. 이성민이 그릴 수 있는 것은 언제나 패배하는 자신의 모습이었다.

잘 안다. 나는 약하다. 저 괴물의 여왕과 비교가 되지 않는다. 계란으로 바위를 부술 수 있다고 해도, 제니엘라는 바위 따위로 비유될 존재가 아니다.

이성민은 발끝을 세워 도약했다. 알고 있다 해도 도망칠 수는 없었다.

다가오는 이성민을 향해 제니엘라가 히죽 웃었다.

어둠이 사라졌다. 밤하늘은 황혼보다 붉은색으로 물들었고, 커다랗게 뜬 보름달 아래에서 제니엘라가 양팔을 벌려 이성민을 마주했다.

수백 년 동안 살아온 괴물의 여왕은 이전까지와는 다르게 자비를 베풀지 않을 것이다.

이성민도 오늘만큼은 도망칠 수 없다는 것을 알고 있었다. 도망도 의미가 없다. 아이네를 죽였다고 알린 이상, 이곳에서 제니엘라를 죽이지 못하고 도망친다면……. 제니엘라는 스스로 종언의 재앙이 될 것이다. 그리고 그녀는 확실하게 이 세상을 끝내 버릴 괴물이 될 것이다. 잠자는 숲 깊은 곳에 처박혀 있는 탐이 깨어나기도 전에, 제니엘라는 이 세상을 멸망시킬 것이다.

그 누구도 제니엘라를 막을 수 없다.

지금 이 순간에도 제니엘라는 이 세상 누구보다 강할 것이고, 그녀가 작정하고 흡혈을 계속해 가며 군대를 만들고 스스로를 강화한다면 혹시 모를 가능성은 완전히 사라진다.

그러니 여기서 막아야 한다. 도망칠 수도 없다.

위지호연에게 내가 있다고, 나를 믿으라고 한 이상. 그녀에게 했던 말을 거짓으로 만들고 싶지도 않았고, 겁에 질려 도망친 비겁자가 되고 싶지도 않았다.

둥그렇게 휘어지는 제니엘라의 눈을 본다. 가늘어진 눈동자가 기대감을 담아 이성민을 보고 있었다.

오슬라가 두 날개를 활짝 펼쳤다. 가슴 앞으로 끌어 모은 손을 기도하듯 맞잡았다. 그러자 그녀의 날개에서 뿜어진 빛이 이성민의 몸을 휘감았다. 요정 여왕의 가호가 이성민의 몸에 어린다. 억눌러 놓은 공포가 사라진다.

마주하기만 해도 붕괴시키는 제니엘라의 마력에 노출된 정신을 요정 여왕의 가호가 보호한다. 여전히 이질감이 있는 심장이 터질 듯이 빠르게 뛰었다.

"아아아아!"

창이 무겁다. 이성민은 포효하며 공중을 박찼다. 극쾌의 무리를 담은 흑뢰번천이 자하신공과 함께 풀려나왔다.

정신의 각성으로 이룬 것이 아니기에 환골탈태는 불완전하다. 사마련주가 말했던 것처럼 몸 전체가 단전으로 바뀌는 일은 일어나지 않았다.

그렇다고 해도 가뜩이나 빨랐던 속도는 그보다 앞선 영역에 닿았다.

빠지지직!

한 줄기 번개가 된 이성민이 제니엘라에게 쇄도했다. 양팔을 활짝 벌려 마중을 나온 제니엘라가 깔깔거리며 웃었다.

꽈아앙!

이성민의 창이 제니엘라의 마력을 꿰뚫었다. 가슴이 꿰뚫린 제니엘라의 몸이 뒤로 밀려났다.

목구멍에서 솟구친 핏물이 그녀의 입술을 더욱 붉게 물들였다. 제니엘라가 피에 물든 이를 보이며 웃었다.

"좋아."

제니엘라가 들뜬 목소리로 말했다.

마력이 미쳐 날뛴다. 이성민과 제니엘라 사이에서 붉은 폭발이 일어났다.

이성민은 폭발에 휘말리기 전에 질풍신뢰로 공간을 도약했다. 머리가 터질 것만 같았다. 고속 세계에서 들어오는 시각 정보가 뇌를 가득 채운다. 활짝 펼쳐진 붉은빛이 이성민을 덮쳤다.

이성민은 양손으로 잡은 창을 뒤로 쭈욱 밀었다. 내지르며 공도를 펼친다. 그 어떤 상황에서도 길을 열어주었던 공도가 제니엘라의 마력과 부딪쳤다.

전력을 다해 찌른 창이 가느다란 구멍을 만들었다. 창에 회전을 넣어 구멍을 확장시켰다.

푸확!

마력이 터졌다. 그 너머에서 제니엘라는 검지를 세워 이성민을 겨누고 있었다. 빛이 한 번 터졌다.

쿠우웅!

어마어마한 무게의 압박감이 이성민의 몸을 덮쳤다. 이성민은 두 눈을 부릅뜨며 괴력난신을 끌어 올렸다.

몸 안을 가득 채운 요력이 바깥으로 터져 나왔다. 소리가 사라졌다. 마력과 요력의 충돌은 아무것도 만들어내지 않았다.

이성민은 압박감이 사라진 몸을 움직였다.

[너는 그게 문제야.]

허주가 내뱉었다.

[너 자신을 너무 약하게 생각하고 있어. 너는 절대로 약하지 않다. 재능이 없다고? 빌어먹을 새끼야, 여태까지 너는 그 부족한 재능을 보충하고도 남을 만큼의 개고생과 기연을 받아먹어 왔다.]

보름달의 가호를 받는 것은 제니엘라뿐만이 아니다. 요괴의 몸을 가진 이성민도 보름달의 가호를 받는다.

[네놈이 가진 요력의 근원을 생각해라!]

허주가 고함을 질렀다. 이성민의 몸 안에서 끓는 소리가 났다.

십 년 전에, 이성민은 어르무리의 요력을 취했다. 그 요력을 함께 취했던 아이네는 죽었고, 이성민은 가지고 있던 요력의 대부분을 사용하지 못했다. 지금 허주가 말하고 있는 것은 어르무리의 요력이 아니었다.

허주의 의식이 수면 위로 떠올랐다. 여태까지 허주는 이런 식으로 전투에 직접 개입하는 일이 거의 없었다. 하지만 이번에는 경우가 달랐다.

[이 어르신이 누구인지!]

허주. 400년 전에 토벌당한 대요괴. 지금의 제니엘라도 어렵지 않게 여겼던 최강이자 최흉이었던 대요괴. 당시 신령이 개입하지 않았더라면 허주의 토벌은 불가능했을 것이다.

토벌로 인해 허주의 요력은 대부분이 사라졌지만, 허주의 존재는 소멸하지 않고 남아 이성민의 몸 안에 있었다.

"허주!"

제니엘라가 크게 웃으면서 고함을 질렀다. 이성민의 몸을 둘러싼 요력에 허주의 요력이 더해진다. 깨질 듯이 아프던 두통이 얕아진다. 오슬라의 가호 덕분이었다.

"네가 더해진다고 해서 상황이 바뀔 줄 아는가? 아하하하! 나는 이미 너를 뛰어넘었어!"

제니엘라의 마력이 날뛰고, 그녀의 손이 허공을 할퀴었다.

쫘드드득!

공간이 찢어지며 붉은 광채가 범람했다. 번쩍거리는 빛이 사방으로 터졌다. 틈이 없는 마력의 세계가 펼쳐졌다.

[뛰어넘어? 지랄하고 있네!]

쩌렁거리는 외침이 이성민의 의식 속에서 울렸다. 감정이 고양되었다. 이성민은 빠득 이를 갈았다.

콰르르르르!

이성민의 창에 어마어마한 요력이 유입되었다. 드래곤의 소재로 만든 창이 파들거리며 떨렸다. 이성민은 양손으로 잡은 창을 전력으로 휘둘렀다.

번쩍.

붉은 세계가 일순에 소멸했다. 흩어지는 마력의 틈을 이성민의 요력이 채워 넣었다.

전장을 바꿔야 한다. 가장 유리하게 싸울 수 있는 장소.

창끝을 휘감은 요력이 한 점으로 모였다가 크게 확장되었다. 그러자 환계가 열렸다. 요력이 공간을 집어삼켰다. 제니엘라는 환계가 열리는 것을 내버려 두었다.

그녀는 혈마의 감각을 통해서 이성민이 그 싸움에서 사용한 모든 무공을 파악하고 있었다. 이 무공이 무엇인지도 안다. 이름은 모르지만, 어떤 현상을 일으키는지는 알고 있다.

'무공이라기보다는 마법에 가까워. 아니, 이 경우에는 요술이라고 해야 하나?'

공간에 요력이 가득 찼다. 이성민의 몸이 흐릿하게 변해 사라진다. 짙은 안개가 시야를 차단했다.

그 안개는 제니엘라의 눈으로도 꿰뚫어 볼 수가 없었다. 하나둘씩 감각이 차단되었다. 제니엘라는 아무것도 들리지 않는 귀와 아무 냄새도 맡을 수 없는 후각을 무시하고서 양손을 활짝 펼쳤다. 앞으로 무슨 일이 일어날지 안다는 점은 이 알 수 없는 현상을 상대로 위축되지 않게 만들었다.

사실 미리 알지 못했다고 해도 제니엘라는 조금도 위축되지 않았을 것이다.

[이게 어떤 무공인지는 제니엘라도 알고 있을 것이다.]

환계의 안개 너머에서 이성민은 제니엘라의 움직임을 살폈다.

쿠르르릉…….

제니엘라의 마력이 붉게 타올랐다. 즐겁게 웃고 있는 그녀는 이성민이 없는 공간을 보고 있었다. 알고 있다고 해도 상관없다.

자전이 사방에서 터졌다. 환계에 삼켜진 공간을 만뢰가 가득 채웠다. 그 경이적인 광경을 마주하고도 제니엘라는 키득키득 웃기만 했다.

꽈아아앙!

세상이 사라지는 것 같은 커다란 소리가 울렸다. 만뢰가 계속해서 터졌다.

그 한가운데에 서 있는 제니엘라는 여전히 양팔을 활짝 펼치고 있었다. 그녀가 펼친 붉은 결계는 이 어마어마한 충격 속에서도 흔들리지 않았다.

'화력이 부족해.'

이성민은 빠득 이를 갈았다. 쉼 없이 터뜨리는 만뢰로도 제니엘라의 결계를 뚫을 수가 없었다. 이성민은 양손으로 잡은 창을 앞으로 들었다.

초월지경의 심득은 공간을 장악하고 지배하는 것이다. 사마련주는 환계에 그 심득의 극의를 담았다.

'그것으로는 부족해.'

이성민의 눈이 크게 떠졌다. 쿵쾅거리며 뛰는 심장이 피를 끓게 만들었다. 고양된 정신이 오만한 곳을 엿본다. 위지호연이 고치고, 사마련주가 심득을 불어 넣은 환계로는 부족하다.

뇌가 터질 것만 같았다. 완벽하게 숙달한 환계의 구결이 머릿속을 가득 채웠다.

'부족해.'

이성민의 금색 눈이 파들거리며 떨렸다. 사마련주의 심득이 부족하다는 것이 아니다.

그가 고쳐준 구천무극창의 무공은 세상에 다시없을 신공절학이었으나, 당시의 이성민이 '쓸 수 있는' 수준에 그쳐 있었다. 그때와 비교도 할 수 없을 정도로 성장한 이성민에게는 부족했다.

'그러니까.'

이성민의 머릿속에서 환계의 구결이 낱낱이 파헤쳐졌다.

사마련주가 말했었다. 진정한 환골탈태를 한다면 오성이 확장되어 그 어떤 난해한 무공도 구결을 한 번 본 순간 완벽하게 익힐 수가 있다고.

"끄르르르……!"

이성민의 입술이 파들거리며 떨렸다.

그가 겪은 환골탈태는 완전한 것이 아니다. 사마련주가 말한 것처럼 오성이 완전히 확장되지도 않았다. 그럼에도 해야만 했다. 풀이된 환계의 구결에 바라는 구결을 쑤셔 넣는다.

머리가, 심장이, 몸이 터질 것만 같았다. 단전에서 터져 나온 내력과 요력이 몸을 가득 채우고 피부 바깥으로 뿜어져 나왔다.

세상이 뒤흔들렸다. 공간을 집어삼킨 요력이 이성민이 바라는 대로 움직였다. 쉼 없이 터지는 만뢰 속에서 제니엘라의 눈썹이 꿈틀거렸다.

슬슬 부숴볼까, 생각하고 있었는데. 공간을 침식하고 있는 요력의 성질이 변했다.

[너⋯⋯.]

허주조차도 놀랐다. 창이 무겁다. 도저히 손으로 휘두를 수 없을 만큼 무거웠다. 꽉 악문 이가 박살 나고 잇몸에서 피가 줄줄 흘렀다.

몸을 가득 채운 내공과 요력을 모조리 창에 담았다. 하나의 구결이 머릿속을 가득 채웠다. 완전한 신창합일을 통해 창이 이성민이 되고 이성민이 창이 되었다.

빠지지직!

공간에 수십 개의 균열이 만들어졌다. 결계 속에서 제니엘라가 두 눈을 크게 떴다.

"아하하하!"

제니엘라가 입을 벌려 큰 소리로 웃었다. 이성민은 그 멀리서 들리는 웃음소리의 대답으로 창을 앞으로 찔렀다. 허공의 균열에서 무형의 창이 쏟아졌다. 그 창 모두에 개벽의 무리가 담겨 있었다.

제니엘라는 결계 속에서 양손을 펼쳤다.

꽈아아앙!

수십 개의 개벽과 제니엘라의 결계가 충돌했다. 결계는 그 위력을 감당하지 못하고 산산 조각났다.

결계를 박살 내고 들어온 창이 제니엘라의 몸을 덮쳤다. 제니엘라의 몸은 흔적도 남기지 못했다. 살점 하나 남기지 않고 모든 것이 휩쓸렸다.

[죽지 않았어!]

허주가 고함을 질렀다. 이성민은 공중을 박차고 앞으로 뛰어나갔다. 쿵쿵거리며 뛰는 심장 소리가 귓가에 들렸다.

"알아."

이성민은 갈라진 목소리로 대답했다.

그만한 공격을 쏟아내었는데도 탈진하지 않았다. 내력과 요력의 끝이 가늠되지 않았다. 대체 이 몸 어디에 이만한 힘이 숨어 있을까 싶을 정도였다.

소멸한 제니엘라의 몸이 재구성되었다. 개벽을 그렇게 꽂아넣었음에도 정작 제니엘라는 아무런 타격도 입지 않았다.

제니엘라의 머리가 구성되었을 때 이성민은 그녀의 코앞까지 창을 찌르고 있었다.

푸확!

제니엘라의 머리가 폭발했다. 붉은 안개가 나타났다. 안개가 창을 앞으로 밀어내는 이성민의 몸을 집어삼켰다.

안개는 끔찍한 힘을 가진 마력의 정수였다. 이성민은 반사적으로 호신강기를 끌어 올렸다.

[괜찮아.]

오슬라의 목소리가 들려왔다. 그녀는 환계에 들어가지 않았지만, 그 바깥에서 모든 상황을 살피고 있었다.

오색찬란한 빛이 이성민의 몸을 뒤덮었다.

파아아앙!

터진 빛이 안개를 몰아냈다. 흩어진 안개가 뭉쳤고 제니엘라가 그 속에서 모습을 드러냈다. 그녀는 상처 하나 없는 얼굴로 배시시 웃었다.

"요정 여왕의 가호……. 그래, 이곳은 그녀의 숲이지."

이성민의 몸이 다시 안개 속으로 사라졌다.

"짜증 나는 곳이야."

제니엘라는 하늘을 올려 보았다. 보름달이 보이지 않았다.

그렇다고 해도 그 가호는 제니엘라의 몸에 적용하고 있다. 단지, 달이 보이지 않는다는 것이 짜증스러울 뿐이다.

"부숴야겠어."

부족하다. 환계의 구결을 뜯어고친 것으로는 부족하다. 이성민의 코에서 피가 주룩 흘러내렸다. 보다 근본적인 것. 초식 하나를 파헤치는 것이 아니라 무공 전체를.

구천무극창, 자하신공, 흑뢰번천, 무영탈혼, 혈환신마공. 이성민이 익힌 모든 무공이 활짝 열려 머릿속에 나열되었다.

[조심해!]

허주가 외쳤다. 그럴 시간이 부족했다.

꽈지직!

제니엘라의 몸에서 터진 마력이 크게 부풀었다. 그녀의 마력은 환계 자체를 침식해 들어왔다.

제니엘라는 단순히 오래 묵은 흡혈귀가 아니었다. 그녀는 수백 년 동안 마법을 익힌 마법사기도 했다. 침식한 마력이 공간의 구조를 파악했다.

'아니.'

핏줄이 터진 두 눈이 새빨갛게 물들었다.

'내가 더 빨라.'

제니엘라가 공간 구조를 파악하고 풀이하는 것보다 빠르게. 환계의 세계가 바뀌었다.

다수를 상대로 한 난전이라면 모를까. 강력한 힘을 가진 개인을 상대로 환계의 현혹은 큰 의미가 없다. 특히 상대가 제니엘라와 같은 불사자라면 더더욱.

그것은 이미 혈마와의 싸움에서도 느꼈다. 아무리 감각을 차단시키고 그 너머에서 공격해 봐야 이성민과 대등, 혹은 그 이상의 힘을 가진 상대는 사각을 뚫고 들어오는 공격이라도 대응한다. 설령 대응하지 못했다고 하여도, 불사자인 제니엘라는 공격으로 인한 대미지를 순식간에 수복한다.

그러니 현혹을 버린다. 제니엘라가 환계를 부수는 것보다 빠르게 이성민은 환계의 구결을 수정했다. 머리가 터질 것처럼 아팠지만 아득한 경지까지 다다른 정신이 그 작업을 해냈다.

지금 이 순간에 이성민은 예전과 같이 오성이 뒤떨어지는 둔재가 아니다. 반쪽짜리 환골탈태는 이성민의 오성을 이 정도까지 각성시켰다. 사마련주나 위지호연에 비할 바는 아니어도 지금 이성민의 오성은 그 어떤 세상을 가도 '천재'라고 불리기에 손색이 없다.

시야를 차단하고 있던 안개가 사라졌다. 차단된 감각도 모조리 돌아왔다. 하지만 환계는 그대로 있다. 더 이상 이것은 환계라 불릴 무공도 아니었다.

제니엘라는 공간을 가득 채운 요력을 가늠했다. 현혹의 안개가 사라지고 차단되었던 감각도 돌아왔다. 하지만 공간을 가득 채운 요력은 건재했다. 오히려 현혹을 버린 덕에 공간이 들끓는 폭력의 기운으로 가득 차 있다.

"아하핫……."

제니엘라는 키득거리며 웃었다. 아직 그녀는 조금의 위협과 긴장도 느끼지 못하고 있다.

이성민은 지끈거리는 두통에 관자놀이를 꽉 눌렀다. 과로해 타들어 간 뇌세포가 계속해서 재생하고 있다. 반짝거리는 요정의 빛이 계속해서 이성민의 몸을 휘감고 있다. 오슬라의 가호는 피로가 쌓이지 않게 해주고 치명적인 공격에서 이성민을 보호했다.

[으······.]

품 안에 들어 있는 루비아가 겁에 질린 소리를 냈다.

그녀 역시 도망치고 싶었다. 이 전장, 이 싸움에서 루비아의 힘은 미미하여 도움이 안 된다. 그러나 루비아는 도망치지 않았다. 함께 있는 것만으로도 할 수 있는 일이 있기 때문이었다.

[너······ 참······. 많이 컸다.]

허주는 이성민이 해낸 일에 혀를 내두르며 그렇게 칭찬했다.

키리릭······.

이성민의 주변에서 요력이 회전했다. 굳이 창을 휘두를 필요가 없었다. 환계의 공간은 이성민의 지배 아래에 있다. 이곳에 있는 모든 요력이 이성민의 손과 발이고, 창이다.

이성민의 의식이 확장되었다. 그의 주변에서 회오리치는 요력이 뭉쳤다. 요력으로 이루어진 무형의 창 수십 자루에 구천무극창의 구결이 깃들었다.

"아아아아!"

이성민은 고함을 지르며 앞으로 뛰었다. 걸음은 무형탈혼이 되었다. 연달아 펼친 이보겁살, 삼보필살, 사보광란이 요력의 폭풍을 만들었다.

달려드는 이성민을 보며 제니엘라는 기다렸다는 듯이 마주 달렸다. 그녀의 양손에 붉은 마력이 출렁거렸다.

주변의 창이 똑같은 초식을 펼쳤다.

빠지지직!

추혼일살 뇌전이 쏘아졌다. 무형창이 수십 줄기의 번개가 되었다.

제니엘라는 달뜬 호흡을 내뱉으며 손을 크게 휘둘렀다.

꽈르르릉!

제니엘라의 손톱이 수십의 추혼일살을 일격에 찢었다. 흩어진 요력이 다시 창이 되었다. 쏘아진 수십의 창이 수백이 되고 수천이 되었다.

피할 틈은 없다. 분뢰추살의 한복판에서 제니엘라의 마력이 크게 부풀었다.

우우우웅!

공간이 터질 것처럼 진동했다. 고밀도의 마력이 부풀어 올라 모든 공격을 집어삼키고 무로 되돌렸다.

이성민은 밀려오는 마력의 벽을 향해 양손으로 쥔 창을 찔렀다. 뚫을 수 있나? 그런 의문은 갖지 않았다. 무조건 뚫어야만 했다.

꽈지지직!

창끝이 마력의 벽과 충돌했다. 그 너머에서 제니엘라가 미치광이처럼 웃어대고 있다. 그 웃음소리가 시끄러웠다.

[닥치게 해!]

허주가 고함을 질렀다. 요력이 더욱 유입되었다. 허주는 아끼지 않고 자신의 요력을 모조리 이성민에게 쏟아주었다.

이전에야 허주의 요력을 버티지 못했다지만, 지금은 아니다. 서로의 뜻이 반발하고 있지도 않았다. 이성민이 제니엘라를 죽이고 싶어 하듯 허주 역시 제니엘라를 죽이고 싶어 했다.

쩌적.

마력의 벽에 균열이 갔다.

'지금.'

이성민은 이를 악물었다. 혹사당한 창에 균열이 갔다. 창이 버티지 못해도 상관없다. 전력을 다해 밀어 넣은 창이 마력의 벽을 뚫고 들어갔다.

개벽의 빛이 터졌다.

콰아아앙!

결계 속에서 터진 개벽이 제니엘라의 몸을 집어삼켰다. 내부의 충격을 견디지 못한 결계가 산산 조각났다.

이성민은 멈추지 않고 앞으로 뛰어들어 갔다. 수십 자루의 무형창이 구천무극창의 구결을 따라 움직인다.

구룡살생. 수백 마리의 용이 풀려나왔다.

미처 날뛰는 용틀임 속에서 제니엘라가 몸을 일으켰다. 흔적도 없이 소멸했던 몸은 이번에도 재생했다.

정말로 불사신일 리가 없다. 이성민은 쉬지 않고 움직였다. 완전한 초월자가 아닌 이상 제니엘라의 재생에는 한계가 있다. 저 어마어마한 마력으로 끝없이 육체를 재구성하고 있는 것뿐. 그렇다면 더 이상 재생이 안 될 때까지 몰아붙인다.

구천무극창의 아홉 초식 중 가장 빠른 절명섬이 펼쳐졌다.

퍼버버벅!

제니엘라의 입에서 피가 뿜어졌다. 수십 자루의 창에 몸이 꿰인 제니엘라의 몸이 비틀거리며 밀려났다.

제니엘라의 입꼬리가 파들거리며 올라갔다. 그녀는 여전히 웃었다. 그녀의 몸이 붉은 핏물이 되어 무너져 내렸다.

제니엘라는 거대한 파도로 변했다.

콰르르르!

덮쳐오는 마력을 상대로 물러서지 않는다.

관천. 이성민의 머릿속에서 구천무극창의 칠초 관천의 구결이 떠올랐다.

'군더더기를 버린다.'

관천의 최대 위력을 펼치기 위한 내공과 요력은 넘쳐흐르고 있다.

더 강하게. 공간의 요력이 회전했다. 수십의 무형창이 하나로 뭉쳤다.

절대로 피할 수 없게. 방어한다면 그것마저 꿰뚫도록.

이성민은 양손으로 쥔 창을 머리 위로 들었다. 거대한 무형 창이 이성민이 쥔 창과 합일되었다.

관천이 쏘아졌다. 덮쳐오는 마력의 파도에 커다란 구멍이 났다. 끝까지 나아간 관천의 빛은 그 끄트머리에서 개벽으로 바뀌었다. 번쩍하고 터진 빛이 마력을 모조리 소멸시켰다.

더 이상 제니엘라의 웃음소리는 들리지 않았다. 할 수 있다. 이성민은 거친 호흡을 삼키며 앞으로 뛰었다.

오늘이 보름달의 밤이라고 해도. 상대가 수백 년 살아온 뱀 파이어의 여왕이라고 해도. 이 세상에 존재하는 모든 인외를 통틀어 가장 강력한 힘을 가진 괴물이며, 보름달의 마력을 받아 불사라 하기에 부족함이 없는 재생력을 갖추고 있다고 해도. 이성민의 공격이 먹히고 있다. 제니엘라가 휘두르는 저 공포스러운 마력이 이성민의 공격을 버티지 못하고 뚫리고 소멸하는 것을 반복하고 있다.

몸뚱이가 계속 죽음에서 되살아나 재생하더라도 이성민의 공격이 거듭해서 죽여갔다. 그러니까, 할 수 있다. 한계라고, 궁지에 몰렸다고 생각했는데.

'할 수 있어.'

제니엘라를 쓰러뜨릴 수 있다.

쓸 수 있는 힘은 아직 넘친다. 지금 상태라면 영원토록 싸울 수 있을 것만 같았다. 오슬라의 가호 덕에 피로도 쌓이지 않는다. 두통도 사라졌다. 몸이 아무리 박살 난다고 해도, 이성민의 몸은 요괴다. 제니엘라처럼은 아니어도 계속해서 재생할 수 있다.

이성민은 소멸한 마력의 잔재를 향해 뛰었다. 제니엘라가 재생한다면, 이전과 마찬가지로 그녀의 몸을 다시 죽여 버리기 위해서였다.

마음이 한결 가벼워졌다. 입꼬리가 씰룩거리며 올라갔다. 노림수가 먹혔다. 만반의 준비를 한 덕에 생각했던 것보다 수월하게 제니엘라를 상대할 수 있게 되었다.

[뒤!]

허주가 고함을 질렀다. 그 외침에 뒤를 돌아보는 것보다 빠르게, 감각이 경고하는 것보다도 빠르게. 순간 정신이 끊어졌다.

이성민의 몸은 실 끊어진 연처럼 하늘을 날았다. 몸을 감싸고 있던 요정의 빛이 엷어졌다.

'가호 덕에 이 정도에 그쳤지, 만약 가호가 없었더라면…….'

목구멍에서 울컥거리며 핏물이 솟구쳤다.

"웃었지?"

소곤거리는 목소리가 바로 뒤에서 들렸다. 이성민은 흠칫 놀라 몸을 뒤집었다.

꽈직!

등 뒤에서 내리찍은 충격이 이성민의 몸을 활처럼 젖혔다. 쩍 벌어진 입에서 피가 뿜어졌다.

아래로 추락하던 이성민은 급히 정신을 붙잡고서 균형을 잡았다. 시뻘건 마력이 시야를 가득 뒤덮었다.

그 안에서 환한 미소를 짓고 있는 제니엘라가 보였다.

"웃었잖아요."

제니엘라의 손가락이 까딱거렸다.

키리리릭!

마력의 끄트머리가 꽈배기처럼 꼬였다. 배배 꼬여 날카로운 송곳이 되었고, 그대로 앞으로 쏘아진다. 이성민은 급히 창을 마주 뻗었다.

빠가각!

창을 휘감고 있던 요력이 제니엘라의 마력과 충돌해 소멸했다. 그에 그치지 않고 나아간 마력이 드래곤의 소재로 만든 창두를 박살 냈다.

"무슨 생각했어요?"

산산조각 난 창의 파편 속에서 제니엘라가 손을 뻗었다. 이성민의 등 뒤에서 요력이 소용돌이쳤다. 순식간에 펼쳐진 구천무극창을 향해서 제니엘라가 손을 꽉 쥐었다.

퍼엉!

쏘아지던 무형창이 끝까지 닿지 못하고 터져 버렸다.

"말했잖아요, 난 뛰어난 마법사라고. 이 공간의 성질은 이미 간파했어요. 내가 정말 무력하게 처맞기만 한다고 생각했나요?"

제니엘라의 손이 가까이 다가온다. 그녀의 양손이 이성민의 어깨를 붙잡았다.

"말해봐요. 웃었잖아요? 왜? 내가 계속 당신의 공격을 피하지도, 막지도 못하고. 어떻게 저항은 하는 것 같은데 제대로 대응하지 못하고 계속해서 죽어서. 내 머리가 터지고, 몸이 터지고, 재생하면 다시 죽고. 그래서……."

그래서, 그래서. 응?

제니엘라의 얼굴이 바짝 다가왔다. 이성민과 제니엘라의 이마가 닿았다.

크게 뜬 제니엘라의 두 눈. 그 붉은 눈에서, 이성민은 자신의 얼굴이 비치는 것을 보았다.

"무슨 생각했어요? 왜 웃었죠? 왜? 알아요, 알고 있다고요. 당신이 대답하지 않아도 나는 알아. 거짓말하지는 마요, 뻔한 거잖아. 하지만 당신의 입으로 듣고 싶어."

"으……."

제니엘라의 숨결을 맡았다. 피비린내가 섞였음에도 그녀의 숨결은 유혹적이고 달콤했다. 어깨를 잡은 손은 부드러웠다.

제니엘라가 킥킥 웃으면서 팔을 당겼다. 이성민과 제니엘라의 몸이 바짝 붙었다. 이성민은 창을 휘둘러 제니엘라의 몸을 떨쳐내려 했다.

파각!

이성민이 휘두르던 창을 제니엘라의 마력이 완전히 박살 냈다.

"말하지 않으려고요?"

아직 깨지지 않은 환계 속에서 이성민과 제니엘라의 몸이 부유했다. 제니엘라가 길게 혀를 뻗었다. 붉은 혀가 이성민의 뺨에 말라붙은 핏물을 핥았다.

"이길 수 있을 거라고 생각했잖아."

제니엘라의 두 눈이 빙글 휘어졌다. 그 안에 비치는 이성민의 얼굴이 일그러졌다.

"할 수 있다고 생각했잖아. 나를 몰아붙이고 있다고 생각했잖아. 만월의 밤에 나를 죽일 수 있을 것이라고 생각했잖아. 그렇죠? 아니라고 하지 마요. 인제 와서 거짓말을 할 필요가 뭐가 있어요?"

쉬리릭…….

제니엘라의 마력이 이성민의 몸을 휘감았다. 요정 여왕의 가호가 제니엘라의 마력에 저항했다. 이성민은 이를 악물고 호신강기를 키워냈다.

"대답 안 해?"

콰드드득!

제니엘라의 마력이 가호와 호신강기를 동시에 꿰뚫었다.

"커헉!"

이성민의 입에서 피가 뿜어졌다. 배를 꿰뚫은 마력이 내장을 찢어발겼다.

"그렇게 생각했잖아. 이길 수 있다고, 할 수 있다고. 응? 괜찮아요, 대답하지 않아도. 나는 이미 다 알고 있으니까. 당신이 그렇게 생각하기를 바라고, 내가 어울려 준 거니까. 너무 부끄러워할 필요는 없어요. 당연한 거잖아요? 당신이 아니라 누구라도 그랬을 거예요. 나랑 싸우면서, 나를 이렇게 몰아붙이면…… 누구나 그런 생각을 해. 누구나 희망을 가져. 누구나 할 수 있다고 생각해."

나는 그게 너무 좋아.

제니엘라가 활짝 웃었다.

"희망을 눈앞에서 빼앗는 것이 좋아. 손에 잡히기 직전까지 주었다가 그것을 낚아채는 게 좋아. 할 수 있다는 생각에 나도 모르게 지어진 웃음이 일그러지는 것이 좋아. 아…… 지금 당신은 정말 좋은 표정을 하고 있네요. 이럴 줄 알았으면 조금 더 참을 걸 그랬나? 더 묵혀서, 더 보기 좋을 때까지 기다릴 것을 그랬나……. 어쩔 수 없죠. 이미 늦어버렸는걸."

쑤욱.

이성민의 몸을 꿰뚫고 있던 마력의 송곳이 뽑혔다.

"어때요?"

창백하게 질린 이성민의 얼굴을 내려 보며.

"당신은 절망하고 있나요?"

괴물의 여왕이 웃으며 물었다.

2장
침략(3)

　절망하고 있냐는 질문에 이성민은 아무런 대답도 할 수가 없었다.

　할 수 있다고 생각했다. 승산이 있다고 생각했다. 이대로 계속 싸우면 제니엘라의 마력을 소모시켜, 그녀를 쓰러뜨릴 수 있을지도 모른다고 생각했다.

　오만이었다. 뻥 뚫린 복부의 상처는 재생된다. 찢긴 내장도, 근육도, 피부도, 뼈도.

　제니엘라는 사랑스럽다는 듯이 그 광경을 내려 보았다. 길게 뻗은 손가락이 이성민의 배를 어루만졌다. 제니엘라의 손끝이 갈라진 복근 사이를 훑었다.

　"부족해요?"

　제니엘라가 큭큭 웃으며 물었다. 무엇이 부족하다는 걸까.

이성민의 어깨를 잡은 제니엘라의 손에 꽈악 힘이 들어갔다. 부드러웠던 손길이 끔찍한 악력으로 이성민의 어깨를 짓이겨 부쉈다.

"지금도 희망을 가지고 있는 건가요? 사실 그랬으면 좋겠네요. 그래야 당신이 진짜로 절망했을 때에 내가 더 기분이 좋을 것 같아."

제니엘라의 얼굴을 노려본다. 그래, 이렇게 쉽게 될 리가 없지. 정령의 여왕 때가 너무 쉬웠던 것이다.

"더 해봐요."

제니엘라가 이성민의 어깨를 놓아주었다. 지금까지가 희망을 주기 위한 놀이였음을 증명하듯, 제니엘라의 몸에서 치솟은 마력이 이전과 비교가 안 되는 밀도를 가지고 있다. 박살난 어깨가 재생된다.

텅 빈 손을 움켜쥐었다.

'셀게루스 님에게 또 한 소리 듣겠군.'

지금 상황에서 이성민은 그런 생각을 했다. 엄청 공을 들여서 만들어주셨는데.

[너…… 괜찮냐?]

[괜찮으세요……?]

박살 난 어깨가 재생이 잘 되었나 움직여 본다. 허주와 루비아가 걱정스레 물었다.

이성민은 씁쓸하게 웃으며 대답했다.

"이렇게 쉬울 리가 없지."

희망을 가졌던 것은 사실이다. 할 수 있다고, 승산이 있다고 생각했던 것도 사실이다. 그것이 짓밟혀서 멍해진 것도 사실이다. 얼굴을 바짝 들이밀며 소곤거리던 제니엘라에게 순간이나마 위압되었다. 여태까지 제니엘라를 압도한 이유가 그녀의 의도대로였다는 사실에 허탈하기도 했다.

그러면서도 당연하다는 생각이 들었다. 수백 년을 살아온 괴물의 여왕이 이렇게 약할 리가 없다. 아무리 만반의 준비를 하고 상대한다고 해도, 그녀를 압도할 리가 없다. 운명력의 도움으로 극복할 수 있는 고난만을 겪었던 여태까지와는 다르다.

손에 모인 요력이 기다란 창이 되었다. 쓸 창이 없으니 이것을 대신 써야 했다. 희망이 짓밟혔다고 해도 절망하지는 않았다.

제니엘라가 생각했던 것보다 약했을 뿐이다. 그리고 이제는 생각했던 것만큼의 강함을 보이고 있었다. 결국, 변한 것은 아무것도 없다. 그러니 발악해야 했다. 이성민은 공중에서 몸을 뒤집어 바로 섰다.

제니엘라는 이성민의 표정을 보며 입꼬리를 바르르 떨었다. 그녀는 진한 쾌감을 느끼면서 달뜬 호흡을 삼켰다. 아직 즐거움이 남았다. 몰아붙여도 꺾이지 않는 강인함을 사랑했다. 필사적으로 발악하는 모습을 보는 것이 좋다.

마지막의 마지막에, 그것이 완전히 부러지는 것을 보며 희열을 느낀다. 미래를 보는 마안을 잃었음에도 제니엘라는 그 모습을 상상할 수 있었다.

'당신의 절망은 최고로 즐거울 거야.'

수백 년을 살아오면서, 여태까지 혈족으로 삼았던 모든 이들에게서 보았던 절망을 합친 것보다.

당신이 절대로 이길 수 없다는 것을 알고 절망하게 하고 싶어. 제니엘라는 두근거리는 가슴을 손으로 꾹 눌렀다. 목이 바짝바짝 타들어 갔다. 이렇게까지 갈증을 느끼는 것은 오랜만이었다. 정말로, 먹고, 마시고 싶어졌다. 송곳니가 가려웠다.

여태까지 많이 참았다. 몇 번이고 죽일 기회가 있었다. 처음 만났을 때도, 그 후에도, 그리고 지금도. 제니엘라는 언제나 이성민을 죽일 수 있었다. 그랬음에도 죽이지 않았던 것은, 보다 감미롭게 숙성시키기 위해서였다. 이제는 때가 되었으니 참을 필요는 없었다.

제니엘라의 몸이 앞으로 쏘아졌다. 붉은 마력을 몸에 휘감은 제니엘라는 유성과 같은 모습으로 이성민을 향해 추락했다.

밀도가 다르다. 이성민은 그것을 염두에 두며 의식을 확장시켰다. 제니엘라는 환계의 구조를 파악했다고 했다. 그렇다고 해서 환계에서 쓸 수 있는 무공이 제니엘라에게 무조건 무력한 것은 아니다.

이성민은 떨어지는 제니엘라를 향해 뛰어오르며 손에 쥔 무형창을 휘둘렀다. 등 뒤에서 왜곡을 일으킨 공간이 창격을 쏘아냈다. 수백 다발의 분뢰추살이 위로 치솟았다.

제니엘라의 마력이 넓게 퍼졌다. 분뢰추살은 충돌 전에 흩어졌다. 그렇게 하게 두었다. 견제로 삼아 잠깐 제니엘라의 행동을 제한하고, 그 틈에 손에 쥔 무형창을 앞으로 찔렀다.

꽈지직!

자색 전류가 사방으로 튀었다. 흩어진 마력 속에서 제니엘라의 몸이 불쑥 튀어나왔다. 빠르게 뻗은 손이 이성민의 목을 잡으려 들었다.

복사백탑 역뢰가 창의 궤적을 위로 비틀었다. 제니엘라의 손이 이성민에게 닿기 전에 치솟은 창끝이 제니엘라의 손끝을 박살 냈다.

꽈지직!

그리고 이성민의 몸은 제니엘라의 마력과 부딪쳐 뒤로 밀려났다.

충격의 격이 다르다. 요정의 빛은 더욱 엷어졌고 흉갑이 우그러졌다. 몸 안으로 스며든 충격이 내장을 뒤흔들었다. 버텨 냈다.

이성민은 양손으로 잡은 창을 횡으로 휘두르며 제니엘라의 접근을 떨쳐내려 했다. 제니엘라는 피하지 않고 몸을 들이밀었다.

콰드득!

제니엘라의 몸이 둘로 나누어졌다. 그 즉시 그녀의 몸은 안개로 무너져 내렸고 이성민 바로 옆에서 육체를 재구성했다.

재생 속도는 건재했다. 이성민은 창을 잡고 있던 오른손을 놓고 제니엘라를 향해 일장을 갈겼다. 혈환신마공의 혈아육탐이 제니엘라의 마력과 충돌했다. 하지만 그를 뚫고 들어온 제니엘라의 손이 이성민의 손을 붙잡았다.

꽈드득!

손목째로 뜯겼다. 오른손이 뜯겼지만, 이성민은 비명을 지르지 않고 발을 앞으로 쭉 뻗었다. 이 정도 상처도 재생한다.

무영탈혼의 일보무영이 수십의 잔영을 만들었다. 잔영과 함께 생겨난 뇌운이 제니엘라의 주변을 뒤덮었다.

"더."

제니엘라가 소곤거렸다. 그녀의 양손이 움직였다.

콰르르르!

휘몰아친 붉은 마력이 뇌운을 모조리 찢었다. 이성민은 재생한 양손으로 무형창을 쥐었다.

절명섬이 제니엘라의 몸을 꿰뚫…… 지 못했다. 휘몰아친 마력이 무형창을 흩뜨렸다.

"더."

제니엘라가 달뜬 목소리로 재촉했다. 요력과 내공을 압축한다. 서로 다른 형질을 가진 두 힘이 새로운 무형창을 만들었다.

소용돌이치며 모인 힘을 한계까지 충전했다. 관천을 쏘았다. 제니엘라는 큰 소리로 웃으며 관천을 향해 뛰었다.

쫘지지직!

제니엘라의 몸이 관천을 두 갈래로 나누며 가까이 다가왔다.

"더."

초조해하지 마. 두려워하지 마. 이성민은 스스로에게 암시를 걸며 새로운 무형창을 쥐었다. 개벽의 빛이 창을 가득 채운다. 환계 속 세상이 요력으로 가득 찬다. 만뢰와 개벽의 무리가 공간 전체를 휘감는다.

상대는 괴물이야. 나도 괴물이야.

정신이 아득해졌다. 사라진 두통이 다시 밀려왔다. 뇌세포가 죽고 재생하는 것을 반복했다. 아득해진 의식과 각성한 오성이 활로를 찾는다. 구결을 바꾸고 더 강하게, 완벽하게. 제니엘라가 가까웠다.

제니엘라의 등 뒤에서 마력이 펼쳐졌다. 그것은 마치 빛으로 만든 거대한 날개처럼 보였고, 해가 저물기 직전의 황혼처럼 보였고, 뿜어지는 핏물처럼 보였다.

펼쳐진 빛이 접힌다. 어마어마한 밀도를 가진 마력의 파도가 만뢰와 개벽으로 가득 찬 세상을 뒤덮었다.

"더."

창을 찔렀다. 이성민은 부릅뜬 눈으로 앞을 보았다. 자신이 찌른 창의 끄트머리가 소멸하는 것을 보았다.

[버텨!]

허주가 고함을 질렀다. 그의 요력이 더해졌다.

수백 년 전에 뒈졌으면서. 제니엘라가 킥킥거리며 웃었다.

"혼만 남아 뭘 하려고?"

제니엘라가 이죽거렸다.

개벽과 만뢰가 흩어졌다. 범람하는 마력의 파도에 이성민의 몸이 밀려났다.

요정 여왕의 가호가 발악하듯 큰 빛을 냈다. 반짝거리는 빛이 이성민의 몸을 휘감았다. 이성민은 이를 악물고 호신강기를 끌어 올렸다.

제니엘라의 몸이 천천히 다가왔다. 그녀는 히죽 웃으며 활짝 펼친 손을 앞으로 뻗었다. 환계를 뒤덮은 마력이 모조리 그녀의 손으로 모였다. 그리고 자그마한 구체로 응축되었다.

"자아."

제니엘라가 익살맞게 웃었다. 천천히 밀어낸 구체가 이성민을 향해 둥실 날았다.

쿵.

구체가 커졌다.

쿵.

더 커졌다.

쿵, 쿵, 쿵.

완전히 커진 구체는 공간 전체를 채울 정도의 크기가 되었
다. 이성민은 하얗게 질린 얼굴로 그것을 보았다.

"더……."

제니엘라가 소곤거렸던 그 말을, 이제는 이성민이 중얼거리
고 있다.

압도적이다. 격이 다른 마력을 상대로 이성민이 할 수 있는
수단은 한정되어 있다. 이성민은 이를 악물었다.

그는 무형창을 꽉 쥐고서 앞으로 뛰었다. 그는 구천무극창
의 일초부터 팔초까지 쉬지 않고 펼쳤다. 혈환신마공도 무영
탈혼도 마찬가지였다.

하지만 제니엘라가 쏘아낸 구체는 그 외곽만 닳아 없어질
뿐 근원은 조금도 훼손되지 않았다.

'무극을 써야 하나? 탈진은? 무영탈혼의 최후절초를……'

행동이 늦었다. 환계가 박살 났다. 이성민이 만든 세계가 무
너져 내렸다. 하늘은 새카만 밤으로 되돌아왔고 커다란 보름
달이 밤하늘 한가운데에 떴다.

제니엘라는 보름달을 등지고 서서 아래를 내려 보았다. 이
성민은 힘없이 아래로 떨어지며 흔들리는 눈으로 제니엘라를

보았다.

피로 젖은 시야의 정중앙에 서 있는 제니엘라를 보면서.

'내가 늦었어.'

이성민은 무덤덤하게 자신의 실책을 파악했다. 욱신거리는 두통이 강해진다. 조금 늦게, 방금 전의 상황을 이해했다. 닥치는 위험에 조급했던 탓이다.

무극을 섣불리 쓸 수 없어서 초조했고 제니엘라의 공격이 가진 위력에 당황했다. 막무가내로 펼친 무공은 위협을 밀어내기에는 턱없이 부족했다. 무영탈혼의 최후절초도 마찬가지다. 쓰려면 확실하게, 늦지 않게 써야 했다.

'오슬라 님의 가호가 아니었다면…… 위험했어.'

이성민은 추락 중에 몸을 뒤집었다. 파문이 인 호수가 보였다. 환계 속에서의 싸움은 호수의 정경을 파괴하지 않았다.

긴장한 얼굴로 이쪽을 보고 있는 오슬라와 눈이 마주친다. 이성민은 오슬라를 안심시키기 위해서라도 웃고 싶었지만, 도저히 웃을 수가 없었다.

각성한 오성이 승산을 점친다. 저 말도 안 되는 괴물과의 싸움에서 활로를 찾는다.

도망은 무리다. 이성민이 그렇게 마음먹고 행동에 나선다면 제니엘라는 절대로 이성민을 놓치지 않을 것이다. 오슬라의 지원은? 생각할 것도 없었다. 이미 그것에 대해서는 제니엘라가 오기 전부터 오슬라와 이야기를 끝냈다.

　오슬라의 무력은 제니엘라와 비교가 안 된다. 그녀는 다양한 가호를 비롯해 이성민을 제니엘라의 공격에서 보호해 줄 수는 있지만, 직접 제니엘라와 싸우는 것은 불가능하다.

　오슬라가 가진 권능으로 제니엘라를 이 숲에 묶어둔다면? 그것도 한계가 있다. 오슬라는 자신이 제니엘라를 묶어둘 수 있는 시간을 최대 사흘로 예상했다. 결국 사흘 후에는 제니엘라가 이 숲에서 풀려나온다는 뜻이다.

　사흘 뒤 제니엘라는 보름달의 가호를 받지 못하게 되겠지만, 그녀에게는 보름달을 강제로 띄워내는 마안이 있다. 이곳에서 도망친다고 해서 이성민이 유리한 상황에 서게 될 일은 없다. 오히려 사흘 뒤에 싸우게 된다면, 보름달 아래에서 오슬라의 가호를 받지 못하고 싸우게 된다.

　[이렇게 된 이상 네 마지막 노림수를 믿을 수밖에 없는데. 그게 가능하다고 보느냐?]

　허주가 물었다. 공중에 멈춘 이성민은 내상을 점검했다. 대미지는 없다. 재생했고, 오슬라의 가호가 새로이 어린 덕분이다.

　'도박이지.'

　승산이 낮은 도박.

　아이네를 포식하면서 검은 심장을 강화했다. 이성민의 노림수는 이 전투 도중에, 검은 심장의 능력으로 몸뚱이를 진화시키는 것이다. 여태까지 이성민은 그런 진화 덕에 몇 번이나 목숨을 건졌고, 승리해 왔다.

'아직 할 수 있어.'

그 불확실한 것을 제외하고서 승산을 점쳐 보았다. 아직 0은 아니었다.

구겨진 듯 누워 있던 창왕은 억지로 몸을 일으켰다. 다리가 파들거리며 떨렸고 뱃속에서 끔찍한 기분이 들었다. 울컥거리며 올라오는 피는 아무리 삼켜도 계속해서 올라왔다. 박살 난 늑골 덕에 상체를 지탱해 세우는 것이 번거롭다. 왼팔은 거의 움직이지도 않았다. 근육의 태반이 손톱에 찢긴 탓이었다.

문제는 상처보다는 독이었다. 창왕은 혀를 차면서 왼팔을 내려 보았다. 상처를 뒤덮은 시커먼 독기가 꿈틀거리며 팔의 위쪽으로 올라오고 있었다.

독기는 테레사의 신성력으로 정화할 수 있다. 하지만 지금은 그럴 상황이 아니었다. 저 먼 곳에 처박혀 있던 주원이 몸을 일으킨다.

'괴물 새끼.'

몇 번이나 저 몸에 창을 꽂아 넣었다. 몇 번이나 심장을 박살 냈고 몇 번이나 머리통을 부수었다. 그런데도 놈은 멀쩡하게 몸을 일으킨다.

창왕은 끌끌 웃으면서 왼팔을 힐긋 보았다. 더 이상 이 팔로 창을 휘두르는 것은 무리였다. 그렇다고 내버려 두자니 독기가 계속해서 밀려온다. 독기는 팔뚝을 넘어 어깨까지 올라왔다.

통증이 끔찍했다. 므쉬의 산에서 겪은 통증 덕에 버틸 만은 했지만, 독기가 어깨를 넘어 몸까지 전염된다면 골치 아파진다.

창왕은 미련 없이 자신의 왼쪽 팔뚝을 붙잡았다.

뿌드득!

팔이 어깨 바로 밑에서 뽑혔다. 그는 즉시 혈도를 점해 피가 흐르지 않게 두었다.

아찔한 통증에 머리가 순간 띵했지만 버틸 만했다. 도망쳐서 테레사를 만나 독기를 치료할 생각은 없었다. 이 싸움에서 도망친다는 생각은 하고 있지 않다. 창왕이 하려는 것은 무조건적인 전진뿐이다.

주원은 창왕이 만나 싸워본 적수 중에서 최강이라 할 만했다. 놈은 10년 전의 무신보다 강했다. 창왕은 이를 드러내어 웃었다.

주원은 제 팔을 직접 뽑아낸 창왕을 향해 마주 웃었다. 호원의 죽음 이후로 언제나 권태와 무료함에 찌들어 살았던 그였지만, 창왕과의 싸움은 그것들을 잊게 했다. 창왕이 주원을 인정했듯 주원도 창왕을 인정했다.

"죽이기는 아까울 정도로군."

주원이 큭큭 웃으며 중얼거렸다.

우둑…… 우두둑.

주원은 굵직한 손가락을 꺾으면서 두 눈을 가늘게 떴다.

"제니엘라는 제압해서 데리고 오라고 했었지. 목숨만 붙어 있으면 상관없다고 했어."

"그런 놈이 독을 써?"

"네 무기가 창이라면 내 무기는 독이다. 무기를 충실히 사용하는 것에 문제가 있나?"

비겁하다는 개념이 없는 놈이다. 창왕도 독을 쓴다고 주원을 비난할 마음은 없었다.

쓸 수 있는 것은 모조리 쓴다. 이건 동네 꼬맹이들 투덕거림도 아니고 참관인을 두고서 격식 잔뜩 차린 비무도 아니다. 상대를 죽이겠다고 마음먹고 임하는 결투다.

"아니, 문제는 없지."

창왕은 히죽 웃으며 대답했다. 그는 하나밖에 남지 않은 손으로 창을 쥐어 들었다. 졸지에 외팔이 된 덕에 몸의 밸런스가 잘 맞지 않았다. 몇 번, 시험 삼아 창을 휘둘러보았다.

주원은 거리를 두고 서 있을 뿐 창왕에게 덤벼들지 않았다.

싸움은 충분히 즐겼다. 주원은 이 싸움이 머지않아 끝이 날

것임을 알 수 있었다. 창왕은 훌륭한 적수였다. 예전 라이칸슬로프의 두령이었던 호원보다, 그 호원의 심복이던 브록보다.

싸움의 승자는 주원이었다. 누가 봐도 그렇게 여길 것이다. 왼팔을 잃은 창왕은 지쳤고 주원은 아니었다. 조금 피로한 것은 사실이었지만 그 외에는 아무 문제도 없었다.

주원은 창왕이 나약한 인간이라는 사실에 안타까움을 느꼈다. 그가 인간이 아닌 인외였다면, 보다 더 오래, 즐겁게 싸울 수 있었을 텐데.

그런 주원의 생각과 달리 창왕은 패배를 생각하고 있지 않았다.

몸 상태가 좋지 않다는 것은 그 누구보다 창왕 자신이 가장 잘 알고 있었다. 중독된 팔을 잘라내자 창을 양손으로 휘두를 수가 없게 되었다. 피를 많이 쏟은 탓에 머리가 어지럽다. 뼈도 몇 군데가 부러진 탓에 몸을 움직이는 것이 힘들다.

하지만 그것이 패배로 연결되지는 않는다. 아직 더 싸울 수 있다. 통증은 강했지만, 공포를 느끼지는 않는다. 절망감을 느끼지도 않았다. 더 싸울 수 있다는 사실에 즐거움을 느낄 뿐이다. 창왕은 발을 들어 앞으로 걸었다.

가진 모든 기술을 사용했다. 신창합일을 기본으로 하여 평생을 익혀온, 완벽하게 다룰 수 있는 모든 기술을 사용했다.

창왕의 몸은 주원보다 나약했지만, 그가 단련한 기술은 육체의 격차를 메우고 주원과 대등한 싸움을 벌이게 만들었다. 만약 주원이 불사의 몸뚱이를 가지지 않고, 창왕과 같은 인간의 몸이었다면 이 싸움은 이미 창왕의 승리로 끝이 났을 것이다.

"부족해."

창왕은 입술을 달싹거리며 중얼거렸다. 평생을 익힌, 완벽하게 다룰 수 있는 기술만으로는 부족하다.

창왕은 오른손으로 쥔 창을 단단히 잡았다. 더 앞선 곳으로. 더 먼 곳으로.

창백하게 질린 얼굴 한복판에 웃음이 만들어졌다. 알고 있다. 아직 자신으로서는 감당할 수가 없다는 것을.

뒤를 쫓아 달려왔다. 10년 동안 쭉. 무신과 사마련주의 싸움은 창왕이 감히 개입할 수 없을 정도로 수준이 높았다.

그렇게 강한 무신을 압도하던 사마련주의 수법은 창왕이 평생토록 익혀온 무학의 틀을 완전히 부수고 보다 먼 세계를 보여주었다. 그것에 닿고 싶었다. 10년을 달려와 간신히 그 끄트머리를 엿보았다.

그러나 엿보는 것에 그쳤다. 동등한 위치에 서지도, 추월하지도 못했다. 지금도 마찬가지였다. 뱁새가 황새를 쫓아가면 다리가 찢어지는 법이라고. 흑룡협은 가벼운 주화입마를 겪은 창왕에게 그렇게 이죽거리고는 했었다.

맞는 말이다. 가진 다리가 다르니 쫓아갈 수가 없다. 그래도 쫓아야 했다. 황새의 한 걸음을 쫓으려 드는 뱁새가 되었다. 황새의 한 걸음을 쫓아가기 위해 좁은 보폭을 쉼 없이 연결했다.

손에 든 창이 무거웠다. 끝을 낼 시간이다.

콰앙, 콰아아앙!

멀지 않은 곳에서 폭음이 들렸다. 제니엘라가 싸우는 소리였다. 주원이 그 싸움에 개입해서는 안 된다. 그렇지만 제니엘라와 귀창의 싸움이 완전히 끝나기 전에, 그들의 싸움을 보고 싶었다.

주원이 다가온다. 시야가 흐릿했다. 창왕은 피에 젖은 눈가를 굳이 닦지 않았다. 더 이상 그에게는 '보는' 의미가 없었다.

감각은 활짝 열려 있다. 선선히 부는 바람이 피부에 닿는다. 피비린내가 코끝을 스쳤다. 새로 쥔 창에서, 쇠와 기름의 냄새가 났다. 무겁다. 항상 느끼던 창의 무거움이 새롭게 느껴졌다.

'네가 이렇게 무거웠나.'

창왕은 창이었다. 처음 창을 쥔 이유 같은 것은 인제 와서는 떠오르지도 않는다. 계기가 중요한 것이 아니다. 창왕은 뻗은 걸음을 이었다. 뱁새의 걸음은 느렸고 보폭은 좁았다. 황새라면 이미 저만치 앞으로 갔을 것이다. 걸음으로 황새를 쫓아서는 안 된다.

'이겼다고 생각하겠지.'

창왕은 싸움에 익숙했다. 인간의 몸뚱이는 괴물처럼 튼튼

하지 않다. 머리가 날아가고 심장이 터져도 재생하는 일은 없다. 주원은 자신이 괴물이라는 이점을 충분히 살려서 싸웠다. 그건 이 꼴이 되어가며 주원과 싸운 창왕이 잘 안다.

방어는 거의 하지 않는다. 피할 수 없다면 우직하게 맨몸으로 맞는다. 놈은 인간 사냥에 익숙했다. 인간이라면 동귀어진의 수법이겠지만 죽어도 부활하는 괴물에게는 효율 좋은 사냥법이 된다.

주원은 창왕의 창이 자신에게 치명적이지 않다는 것을 안다. 아무리 강하고 빨라 봤자 죽지 않는 몸뚱이는 계속해서 재생한다. 창왕의 창은 주원을 죽일 수 없다.

충분히 시간을 들였다. 몸을 죽음 직전까지 몰고 갔고, 왼팔까지 잘랐다. 놈은 승리를 확신하고 있다. 그래야만 했다. 그 완전한 확신을 심어주기 위해 싸워왔다.

창왕이 바라는 것은 둘이었다. 놈이 승리를 확신할 것. 놈이 적수로서 나를 인정할 것.

놈이 나를 죽이러 온다. 창왕은 멈추지 않고 앞으로 걸었다. 그는 꽉 쥔 창을 앞으로 들었다. 확신은? 없다. 되면 좋은 것이고, 안 되면…….

후회는 없다. 최선을 다했으니까. 창왕은 입술을 비틀어 웃었다. 황새는 어디까지 갔을까. 나는 어디를 걸고 있을까. 아니, 걸을 필요가 있나?

창왕의 발이 땅을 찍었다. 뱁새가 날개를 펼치고 날았다. 주원에게 향하는 일직선이 창왕에게는 기다란 외길처럼 보였다.

풍경이 일그러졌다. 창왕의 마음이 하나만을 열망했다. 손에 쥔 것이 무겁다. 그리고 무게가 사라졌다.

창왕은 자신이 쥐고 있는 것이 무엇인지 순간 알 수가 없었다. 이게 창인가? 뭘, 당연한 것을. 창왕은 하나뿐인 손으로 쥔, 창인지 뭔지 알 수 없는, 그러면서도 확고하게 '창'이라고 믿는 것을 앞으로 찔렀다.

주원은 창을 피하지 않았다. 그는 승리를 확신했고, 무료함과 권태를 준 호적수의 최후 발악에 어울려 주었다. 주원의 주먹이 끔찍한 힘을 품고서 창왕의 창을 부수려 들었다.

바람이 멎었다.

창왕은 자신의 몸을 내려 보았다. 오른팔이 간신히 남아 있었다. 주원의 권격은 그의 상반신을 절반 이상 날려 버렸다. 이쯤 되니 고통도 느껴지지 않는다. 창왕은 다리에 힘이 풀려 그 자리에 주저앉았다.

그는 앞으로 쭉 뻗은 자신의 오른팔과 아직 쥐고 있는 창과 그 너머를 보았다. 순간 보았던 길은 사라지지 않고 그대로 남아 있었다.

창왕은 피가 철철 흐르는 입술을 비틀어 웃었다. 잘 봤냐? 마음속에 떠오르는 질문은 그대로 가슴에 품었다. 굳이 입 밖으로 낼 필요가 없었다.

창이 향하는, 끝이 아닌 길의 입구에서. 상반신이 완전히 사라진 주원의 다리만이 우두커니 서 있었다.

"새끼."

주원의 몸이 휘청거리며 뒤로 쓰러졌다. 주원은 더 이상 재생하지 못했다. 초월의 영역을 뛰어넘은 창왕의 창은 주원의 혼을 완전히 날려 버렸다.

창왕은 고개를 들썩거리며 낄낄 웃었다.

"피했어야지, 병신아."

피하지 않게 만들어주었지만. 창왕은 후련한 기분을 느끼며 편하게 두 눈을 감았다. 피차일반이기는 하지만, 그래도……. 먼저 죽은 것은 주원이었다. 그것이 창왕을 즐겁게 했다. 그래, 이 싸움에서 승리한 것은 괴물인 주원이 아니라, 인간인 창왕이었다.

'그래도, 썩 괜찮았어.'

그간 살아온 삶을 말하는 것이 아니었다. 조금 전의 싸움을 곱씹으며 창왕은 만족감에 미소 지었다.

지난번에 펼쳤을 때는 제대로 휘두르지도 못하고 피를 토했는데. 지금은 피도 토하지 않고 끝까지 휘둘렀다. 다리가 찢어지지 않았다는 말이지. 흑룡협, 그 개새끼가 이걸 봤어야 했는데…….

그래. 그것이 조금 아쉬웠다. 내가 너보다 훨씬 강하고, 네가 뱁새 다리가 찢어진다고 이죽거리던 것을 훌륭하게 해내었는데.

'재밌었다……'

만족스럽고, 즐거운 싸움이었다.

무신에게 설욕하지 못했다는 것이 아쉽다. 귀창과의 싸움을 끝내지 못했다는 것이 아쉽다. 그래도, 그것이 미련으로 남지는 않았다.

그럴 수밖에 없었다. 끝나지 않았다는 것을 알기 때문이다. 주원의 몸을 소멸시키기 전, 창이 나아가는 길. 그 앞에 있던 주원. 그리고 그 너머에 길게 이어져 있는 외길.

창왕은 의식이 멀어지는 것을 느꼈다. 그 순간에 그는 깨달았다. 이 세상이 얼마나 작았는지. 이 안에서 발악하는 이들이 얼마나 하찮고, 조금 전의 나조차도 얼마나 하찮았는지.

'최고의 지옥이다……'

창왕은 두 눈을 감고 웃었다. 그 길을 걷고 있는, 인간의 격을 뛰어넘은 '진짜' 괴물들이 노니는 장소를 보았다. 나는 그곳으로 간다.

창왕은 아직 쥐고 있는 창을 마지막까지 놓지 않았다. 외길의 입구에서 창왕은 천천히 발을 뻗었다. 저 먼 곳에, 큼직한 보폭으로 앞서 나아간 황새가 날개를 펼치고 웃으며 반기고 있었다. 끝이 보이지 않는 길은 넓고 멀었다. 창왕은 작았다.

상관없었다. 창왕은 놓지 않은 창을 어깨에 걸치며 길을 걸었다. 좁은 걸음으로, 멈추지 않고 계속.

승산을 가늠했다. 0은 아니다. 높지는 않았어도 절대로 이기지 못할 정도는 아니었다. 그렇다고 희망에 겨워하지도 않았다. 0에 가까워서, 발악해야만 했다.

다행인 점은 익숙해지고 있다는 것이다. 이전이라면 시도도 못 해볼 공격법도 가능하다. 초고속 공격은 눈으로 좇는 것이 불가능할 정도였다. 그런데도 각성한 감각이 강제로 몸을 움직이게 했다.

덮치는 마력, 밀도가 높아 틈이 보이지 않는 공격. 피하는 것보다는 전진을 택했다. 틈이 없다면 통째로 뛰어넘는다. 무영탈혼과 흑뢰번천은 완전히 결합되었다. 이 초고속의 경신법은 공간을 뛰어넘어, 단순히 빠르게 움직이는 것이 아니라 공간 도약의 경지에 도달했다.

제니엘라는 무섭게 덮쳐오는 이성민을 상대로 서두르지 않았다. 밤은 길었다.

'첸과 쿤이 죽었어.'

당연한 수순이었다. 죽으라고 보낸 것이다. 만약의 만약이라도, 그들이 승리하는 경우는 없다고 생각했다. 두 쌍둥이는 수백 년 동안 제니엘라의 곁을 지켜온 충성스러운 종이었다. 애도는 보내지 않았다.

　위에서 아래로 쏟아지는 창법 역시 더 이상 무공이라고 할 수가 없었다. 공간 전체가 살의를 갖고서 제니엘라를 죽이려 들고 있었다.

　제니엘라는 피식 웃었다. 제니엘라의 몸에서 솟구친 마력이 한 점에 모였다.

　꽈아아앙!

　공격과 공격의 충돌이 호수를 뒤흔들었다. 오슬라는 딱딱하게 굳은 얼굴로 이성민과 제니엘라의 격돌을 지켜보았다.

　이성민은 잘하고 있다. 가진 모든 수를 사용했다. 아이네의 심장도 흡수했고, 육체에 최대한의 가능성을 주었다.

　실제로 이성민은 강제적인 성장을 바탕으로 하여 제니엘라와의 싸움을 가능하게 만들었다. 저런 방법조차 사용하지 않았더라면 이미 패배는 확정되었을 것이다.

　'하지만…… 부족해.'

　싸움에서 떨어져 있는 오슬라는 확실히 느끼고 있다. 전력을 다하고 있는 이성민과는 다르게 제니엘라에게는 아직도 여유가 있다.

잘하고 있다. 이 세상에서 저 괴물의 여왕을 상대로, 만월의 밤에 저 정도의 싸움이 가능한 존재는 많지 않을 것이다.

[버티는 것만으로는 안 돼.]

허주는 조언만 하고 있지 않았다. 그의 요력은 끝없이 치솟아 제니엘라의 치명적인 공격을 방어해 주고 있었다. 허주의 요력뿐만이 아니다. 오슬라가 계속해서 부여하는 요정 여왕의 가호도 제니엘라의 공격을 방어한다.

[승부수를 던지기에는…… 이른가?]

'모르겠어.'

확신이 없는 것이 문제였다. 무극을 써도 제니엘라를 죽일 수 있다는 확신이 없다.

여태까지 무극을 사용한 것은 두 번. 하지만 무극 한 번으로 상대를 완전히 소멸시킨 적은 없다. 제니엘라는 혈마나 정령의 여왕 이상으로 강하다. 그렇기에 확신이 없다.

콰당탕!

이성민의 몸이 뒤로 날아갔다. 그는 뒹굴던 몸을 바로 세워 바로 공격 동작과 연결하려 했으나, 그 순간에 이미 제니엘라의 손이 가슴에 닿고 있었다.

요정 여왕의 가호와 제니엘라의 마력이 충돌했다. 마력은 상쇄되었지만 그럴 줄 알았다는 듯이 제니엘라의 다음 공격이 시작되었다.

쩌엉!

마력이 호신강기를 찢었다. 침투해 들어온 마력이 이성민의 내장을 분쇄했다. 이성민의 코와 입에서 피가 뿜어졌다.

[버텨!]

허주가 고함을 질렀다. 이성민은 날아가는 의식을 붙잡았다.

"아아아아!"

이성민은 고함을 지르면서 힘을 끌어 올렸다. 뒤로 넘어지던 몸에 강제로 힘이 들어갔다.

꽈아앙!

이성민의 발이 땅을 내리쩍었다. 끊어질 것만 같은 의식이 육체를 강제로 움직였다. 이성민은 이를 악물고서 억지로 주먹을 움직였다.

꽈지지직!

휘두르는 중에 근육이 터지고 뼈가 박살 났다. 그 안에 담은 어마어마한 요력만이 흐트러지지 않고 터져 제니엘라의 마력을 소멸시켰다.

"무리하기는."

제니엘라가 비웃었다.

보름달이 그녀에게 끝없는 마력을 부여하고 있다. 이 전투에서 제니엘라는 압도적인 위치에 선 강자였다. 그녀에게 있어서 이성민은 잘 부서지지 않고 튼튼한 샌드백에 지나지 않았다.

"부족해요?"

아직도 할 수 있다고 생각하는 거야? 제니엘라가 진심으로 물었다.

'승산은…… 아니, 생각하지 말자.'

이성민은 거친 숨을 몰아쉬었다. 어떻게든 활로를 찾아라. 이길 방법을. 넝마가 된 팔이 재생했다. 이성민은 양손으로 창을 쥐었다.

[창이라는 형태에 매달리지 마.]

허주가 머릿속에서 고함을 질렀다.

'알아.'

이성민의 발이 땅을 찍었다. 무영탈혼으로 압박하면서 혈환신마공으로 견제, 오슬라의 가호 덕에 잘 죽지 않았다. 요력이 회전을 시작했다.

"뭘 더 보여주려고?"

제니엘라가 소곤거렸다. 언제까지 아껴둘 셈이야. 비웃으며 질문을 던졌다. 그녀는 이성민이 숨겨둔 수법을 이미 알고 있었다. 혈마를 죽인 공격이 아직 나오지 않았다.

"그렇다면 더 몰아붙여 줄게."

마력이 솟구쳤다. 공간이 붉은빛으로 물든다. 보다 못한 오슬라가 날개를 펼쳤다.

전투력이 거의 없다고 해도 가호만 부여하고 있을 수는 없다. 활짝 펼친 날개에서 빛의 가루가 사방으로 뿜어졌다. 오슬라의 빛은 마력의 장악력에 저항하며 제니엘라의 힘을 몰아냈다. 제니엘라가 큰 소리로 웃었다.

"네가 더해져도 안 돼!"

퍼진 마력이 터졌다. 연쇄적으로 터진 마력의 폭발이 공간을 찢어발겼다.

오슬라의 빛이 붉은 마력에 밀려 소멸되었다. 틈을 만드는 것이 최선이었다. 지끈거리는 두통이 다시 밀려왔다.

눈이 마력의 흐름을 본다. 틈이 어디지? 이성민의 창이 움직였다.

창법에 구애돼서는 안 돼. 이성민은 팔을 억지로 비틀고 창의 형태를 바꾸었다. 구천무극창이 남발되었다. 마력의 폭풍을 찢어가면서 달렸다. 무영탈혼의 보법이 펼쳐졌다.

무영탈혼 칠식. 이보광란, 삼보필살, 사보광란으로 부풀린 요력의 폭발. 사방으로 퍼지던 요력이 정지한다.

이성민의 발이 높이 들렸다. 그가 발을 아래로 찍을 때, 퍼졌던 요력이 다시 되돌아왔다.

질풍신뢰(疾風迅雷) 멸살(滅殺).

발이 날아간다. 의식이 날아간다. 몸이 나아가는 속도를 의식이 쫓지 못한다. 아니, 그 반대인가. 이성민은 자신의 몸이 한 줄기 번개가 되는 것을 느꼈다.

무영탈혼 칠식, 질풍신뢰 멸살은 흑뢰번천과 무영탈혼이 가진 극쾌의 무리를 더욱 앞선 곳에 두었다.

"이건 처음 보는……."

제니엘라의 말이 끝나기도 전이었다.

꽈꽈꽝!

한 줄기 번개가 된 이성민이 제니엘라의 주변을 지나쳤다. 그 즉시 몰아친 요력의 폭풍에 제니엘라의 몸이 피를 뿜으며 하늘로 치솟았다. 번개가 빠직거리며 방향을 바꾼다. 마력이 제니엘라의 몸을 감쌌다.

꽈아아앙!

충돌이 제니엘라의 결계를 박살 냈다.

'왜 이걸 이제야?'

제니엘라는 날아가는 중에 그런 생각을 했다.

'아낄 수가 없게 된 거네.'

확실한 순간에 쓰고서 끝내고 싶었던 모양이야. 하지만 그럴 수 없게 된 것이다.

혼이 삐걱거린다. 질풍신뢰 멸살의 속도를 유지하는 것만으로도 몸이 터지고 재생하는 것을 반복한다. 이성민은 후들거리는 손으로 창을 쥐었다.

두 눈을 커다랗게 뜨고 있는 제니엘라의 머리를 창으로 박살 냈다. 머리 없는 제니엘라의 몸뚱이가 바닥으로 추락했다.

'지금……!'

머릿속이 환하게 터졌다. 무극의 무리가 창에 실렸다. 보다 효율적으로, 보다 완전하게……. 시간이 없다. 제니엘라의 몸이 재생하고 있다.

'내가 더 빨라.'

무극이 쏘아졌다. 번쩍 터진 빛이 어둠을 완전히 몰아냈다. 요력도, 내공도. 더 이상 터지지 않았다. 이성민은 떨리는 눈으로 아래를 보았다.

분명, 내가 더 빨랐다.

"위험해라."

제니엘라가 소곤거렸다.

높이 치솟았던 팔이 아래로 떨어졌다. 쥐고 있던 무형창이 흩어져 소멸했다. 이성민이 비틀거리며 몇 걸음 뒤로 물러섰다. 잘린 양팔에서 피가 뿜어졌다.

'무슨 일이지?'

이성민은 이 상황을 이해할 수가 없었다. 질풍신뢰 멸살을 쓰며 최고 속도로 가속했다. 제니엘라의 머리를 날려 버리는 것으로 그녀의 의식을 끊어냈다. 제니엘라의 육체가 재생하는 것보다 빠르게 무극을 펼쳤다. 노리는 것은 가슴이었다.

하지만 꿰뚫지 못했다. 무극을 끝까지 내지르는 순간에 제니엘라의 몸이 사라졌다.

'방향을 수정하는 것이 늦었어.'

이성민은 피를 토해내면서 생각했다. 아니, 예상하지 못했던 것은 제니엘라의 움직임이다. 몸뚱이가 사라지고…….

"이해가 안 되나요?"

제니엘라가 웃으며 물었다. 제니엘라는 재생되는 이성민의 팔을 힐긋 보았다.

"당신의 창이 위협적이라는 것은 이미 알아요. 내가 그걸 경계하지 않을 정도로 오만하다고 생각해요?"

혈마의 죽음은 값어치가 있다. 이성민이 가진 최후의 한 수가 얼마나 위협적인지 알게 해주었으니까. 그래서 경계했다. 싸우는 와중에도 언제고 그 위험한 기술이 자신을 노릴 수 있다는 것을 잊지 않았다.

"별것 아니에요."

이성민은 이를 악물었다.

몸은 아직 움직인다. 이전처럼 무극을 썼다고 해서 탈진하지는 않았다. 아직 끝나지 않았다. 발을 앞으로 뻗었다. 그렇게 걸어나가려고 할 때.

푸확!

바닥에서 솟구친 마력의 칼날이 이성민의 무릎을 썰었다. 이성민의 몸이 중심을 잃고 무너졌다.

"할 수 있는데 하지 않은 거예요."

아까랑 다를 것이 없다.

승산이 있다고, 할 수 있다고 느끼게 하기 위해 제니엘라는 이성민과의 싸움에서 자신을 몰아세웠다. 피할 수 있는데 피하지 않았다. 막을 수 있는데 막지 않았다. 그것을 꾸준히 쌓아왔다. 중간에 한 번 본색을 보여주었다. 절망했냐고 묻기 위해서였다.

"지금은 어때요?"

제니엘라는 발끝에서 올라오는 희열에 몸을 떨었다. 주저앉은 이성민은 멍하니 제니엘라를 올려 보았다.

이해했다. 아니, 이해는 아까부터 하고 있었다. 회심의 공격이 제니엘라를 꿰뚫지 못했을 때.

왜? 라고 생각했어도…… 사실 알고 있었다. 그 순간에 제니엘라의 속도가 바뀐 것을. 무극을 피해내고, 안으로 파고들어, 양팔을 잘라내고.

"절망했나요?"

허주조차 아무 말 하지 못했다. 이 끔찍스러운 상황을 어떻게 돌파해 나갈 수 있을지 모르겠다. 할 수 있는 것의 차이가 너무 난다. 그것이 전부였다.

"더 이상 봐주는 것은 무리인데."

제니엘라는 그렇게 중얼거리면서 손을 뻗었다.

"아아아!"

이성민은 비명을 지르면서 재생된 손을 휘둘렀다.

"무리라고 했잖아요."

손목에서 피가 뿜어졌다. 이성민은 떨리는 다리로 뒷걸음질을 쳤다. 제니엘라가 이성민을 쫓았다. 어깨를 잡은 그녀는 부드러운 손길로 이성민의 어깨를 통째로 뽑아버렸다. 그녀의 손에는 거침이 없었다.

제니엘라의 발이 이성민의 다리를 밀어냈다. 당연히 그래야 한다는 듯, 이성민의 다리가 부러졌다. 뒤로 쓰러진 이성민의 몸을 내려 보며 제니엘라의 입술이 씰룩거렸다.

그녀는 더 이상 참지 않고 환한 미소를 지었다. 그렇게 웃을 수밖에 없었다. 제니엘라는 자신을 올려 보는 이성민의 얼굴에 실린 감정을 보며 희열에 전율했다.

"아…… 아아."

사랑스러웠다. 겁에 질린 얼굴. 아무리 발악해도 어쩔 수 없는, 그런 절대적인 상황을 맞닥뜨려 느끼는 절망감. 제니엘라는 아랫입술을 잘근잘근 씹었다. 흐른 피가 턱을 타고 뚝뚝 떨어졌다.

"좋아……."

제니엘라는 흐느끼는 소리를 내며 몸을 숙였다. 다가오는 붉은 눈을 보며 이성민은 헉하고 숨을 삼켰다.

그 와중에도 그는 혈환신마공의 수법으로 제니엘라를 향해 손을 휘둘렀다. 그 양손이 허무할 정도로 쉽게 잡혔다. 어느새 재생된 이성민의 팔을 보며 제니엘라가 눈웃음 쳤다.

"말했잖아요. 이제는 안 봐줄 거야."

그러니까 말해줘요. 제니엘라가 머리를 숙여 이성민의 얼굴에 바짝 들이댔다.

"내가 무섭죠? 아무것도 하지 못하는 자신이 무력하죠? 앞으로 어떻게 될 거라 생각해요? 내가 뭘 할까요? 당신에게 어떤 아픔을 줄까요? 생각해 봐요, 하나, 하나, 하나, 하나……. 괜찮아요. 어렵고 난해한 고통은 주지 않을 거야. 직관적이고, 그런 고통을 줄게요."

아픔은 익숙한가요? 제니엘라가 노래했다.

"정말 그렇게 생각한다면, 그건 오만한 거예요. 아픔은 절대로 익숙해지지 않아요. 그냥, 참을성이 늘어나는 거죠. 걱정 말아요. 차근차근 알게 해줄 테니까."

다행히도.

"아직 밤은 길잖아요."

제니엘라의 손톱이 이성민의 왼쪽 눈을 파고들었다.

3장
절망(1)

통증은 익숙하다. 익숙했다.

그렇게 생각했다. 여태까지, 참 많은 종류의 고통을 겪어봤다. 기억이 희미하기는 하지만 죽었던 적도 있다. 죽어서, 과거로 돌아와서, 지금까지. 이성민의 삶은 순탄하지 않았다. 언제나 적이 있었고, 언제나 싸웠다.

편하게 승리한 적은 없었다. 지금 와서 생각해 보면 이성민이 싸웠던 상대들은 전부 다 그를 죽음 직전까지 몰아갔었다.

하지만 죽지 않았다. 언제나 이성민은 그런 꼴이 되어도 승리했다. 운명력의 가호는 그런 식으로 이성민을 살아남게 했다.

싸움을 겪을수록 그의 몸은 인간이 아닌 요괴에 가까워졌고, 갖게 된 재생력은 치명상도 순식간에 치유하며 이성민을 계속해서 움직이게 만들었다.

그 재생력이 저주스럽다. 차라리 약한 인간의 몸이었다면.

"아, 아아아아……."

'이런 고통을 겪지는 않았을 텐데.'

제니엘라의 말이 맞았다. 통증은 절대로 익숙해지는 것이 아니다. 그냥, 참을성이 늘어나는 것뿐이다. 엄청나게 아파도, 아프다고 생각하지 못하게 된다. 익숙해지는 것이 아니라 참을성이 늘었기 때문이다.

아무리 아파도 '이 정도면 뭐……' 하고 생각하게 된다. 이미 이 정도의 통증은 겪어보았기 때문이다. 그래서 참는다. 이 정도면 괜찮다고 생각한다. 하지만 그것이 어느 정도를 넘어서면. 느껴본 적이 없는 영역에 도달하면.

제니엘라는 고통을 주는 것에 능숙했다. 수백 년 동안 살아온 그녀는 어떻게 해야 인간의 정신을 고통으로 굴복시키고 박살 낼 수 있는지 잘 알고 있었다.

그리고 이성민은 제니엘라에게 있어서 최고의 장난감이었다. 인간의 정신을 가지고 있으면서도 잘 부서지지 않는다.

이미 제니엘라는 이성민의 손가락과 팔을 수십 번 뽑았다. 이성민은 그 상처를 재생했다. 뽑힌 팔이 뼈부터 시작해서 재구성된다. 완전한 요괴의 몸. 넘쳐흐르는 요력. 그 모든 것이 이성민의 죽음을 거부하게 만들었다.

[개같은 년!]

허주가 고함을 질렀다. 그는 자신의 무력함에 통감하며 이를 악물었다. 지금의 그가 할 수 있는 것은 이성민의 정신이 박살 나지 않도록 계속해서 그의 이름을 부르는 것과 자신의 요력을 움직여 제니엘라를 밀쳐내는 것이 전부였다.

[이성민 님!]

루비아가 울먹거리며 외쳤다. 아무것도 할 수 없는 것은 루비아도 마찬가지였다. 그녀가 이성민의 품 안에 깃든 이유는, 이성민을 죽음으로 몰아갈 절대적인 공격을 이성민을 대신하여 막아내기 위해서였다.

과거 광천마의 죽음을 한 번 막아주었던, 소멸한 정령의 여왕이 부여한 절대 방어의 가호는 딱 한 번밖에 사용할 수 없다. 결정적인 순간에 가호를 터뜨리기 위해 숨을 죽이고 있었는데, 그렇게 행동하기도 전에 이성민이 이렇게까지 몰려 버렸다.

"저리 비켜……!"

오슬라가 악을 쓰며 돌진했다. 온몸에 빛을 휘감은 오슬라의 돌진은 제법 위력적으로 보였다. 닿았다면, 실제로 그랬을 것이다.

"말했잖아."

제니엘라는 뻗은 손을 아래로 내렸다. 그녀는 수십 개의 송곳에 몸이 꿰뚫린 오슬라를 보며 킥킥 웃었다.

"너로는 안 돼. 너는 너무 약하거든."

"아……. 으……."

"불멸자인 너는 통증에 익숙해? 별로 그래 보이진 않네……. 왜? 이 숲에서라면 나를 어떻게 할 수 있을 줄 알았어? 아하하, 그것도 너무 오만하잖아. 도대체 무슨 자신감으로? 그래, 네가 나보다 오래 산 것은 사실이지. 하지만 그 오랜 시간을, 이 평화로운 숲에서, 장난꾸러기 요정들과 소꿉장난이나 해온 네가…… 나를 어떻게 막아?"

오슬라는 제니엘라의 이죽거림을 들으며 몸을 비틀었다. 몸을 움직일 때마다 끔찍한 통증이 정신을 하얗게 만들었다.

"련주, 련주……."

오슬라가 흐느끼는 소리로 그 이름을 불렀다.

"뒈졌잖아."

징징거리는 소리는 듣고 싶지 않아. 제니엘라가 손가락을 튕겼다.

퍼억!

오슬라의 턱 아래에서 치솟은 붉은 송곳이 그녀의 머리를 통째로 꿰뚫었다.

"뒈진 사마련주를 징징거리며 부르면, 그가 살아나기라도 해? 아, 미안, 미안해요. 그는 당신의 스승이었죠?"

제니엘라는 비웃음을 멈추고 이성민을 내려 보았다.

"그는 어리석은 인간이었어요. 내가 친절하게, 머지않아 죽게 될 것이라고까지 알려줬는데……. 그는 자신의 죽음에 대해 들었으면서도 도망치지 않았죠. 설마 그게 용감하다고 생각했을까?"

"닥…… 쳐……!"

이성민은 피를 토하면서 내뱉었다. 제니엘라는 깔깔 웃으면서 요력을 손쉽게 손으로 할퀴었다.

"허주, 제발. 이쯤 되면 좀 학습해 봐요. 혼만 남은 당신은 아무것도 못 해. 내가 모를 것 같아요? 당신은 너무 오래 남아 있었어요. 이미 한계잖아요, 안 그래요?"

[닥쳐.]

허주의 요력이 솟구쳤다.

"정곡인가?"

제니엘라가 까르르 웃으며 말했다.

"한계인 게 당연하잖아요. 당신이 죽은 지 이미 수백 년이 지났어요. 아무리 강력한 힘을 가진 요괴였다고 해도, 그만한 세월 동안 혼만 남아서…… 예전에 다루던 요력의 잔재를 긁어모아 간신히 세상에 남아 있는데. 대체 왜 지금까지 남아 있는 거예요? 세상에 미련이라도 있으신가?"

[닥쳐……!]

제니엘라의 말이 맞았다.

허주는 너무 오랫동안 이 세상에 남아 있었다. 잠자는 숲을 나온 순간부터 한계는 빠르게 찾아왔다. 도중에 남쪽에서 예전 요력의 잔재를 흡수하지 않았더라면, 이것보다 빠르게 한계를 맞닥뜨렸을 것이다.

"지금은 저 무력한 몸뚱이를 강제로 움직일 수도 없잖아요."

빌어먹을 년. 400년 전에 죽여 버렸어야 했는데. 허주는 빠득 이를 갈면서 후회했다.

저 말도 맞았다. 예전에는 이성민이 의식을 잃은 사이에 잠깐이나마 이성민의 몸뚱이를 대신해서 움직이는 것이 가능했다. 하지만 이런 식으로 세상에 남아 있는 것에 한계를 맞은 지금, 그렇게 하는 것도 불가능했다.

"뭐 좋은 꼴을 보겠다고 이 세상에 남아 있는지."

[야.]

허주는 제니엘라에게 말하지 않았다.

[듣고 있냐.]

이성민은 멍하니 허주의 목소리를 듣고 있었다. 아팠다. 너무, 아팠다. 온몸이.

생각이 제대로 이어지지 않았다. 눈을 관통하고 있는 붉은 송곳 때문이었다.

[듣자 하니 틀린 말이 하나도 없네. 내가 대체 왜, 뭐 좋은 꼴을 보겠다고 이 세상에 남아 있는지.]

허주가 킬킬거리며 웃었다.

[이미 십 년도 전에 나는 이 세상을 떠날 수 있었다. 하지만 떠나지 않았어. 나의 끝이 아니라, 너의 끝을 보고 가고 싶었거든. 네가…… 어떻게 할지. 네가 발악하는 것으로 이 개같은 세상을 정말 구할 수 있을지 궁금했다.]

듣고 있냐. 허주가 다시 물었다.

[너는 열심히 했지. 네 주제에, 말이다. 너는 참 기구한 새끼야. 많이 아프냐?]

'응.'

[어쩔 거냐. 네 노림수는 실패했다. 이 숲에서 싸웠음에도 저 미친년을 쓰러뜨리지 못했어. 어쩔 수 없는 일이지. 제니엘라가 네 생각보다 너무 강했다.]

어쩔 거냐. 허주가 다시 물었다.

[너는 열심히 했다. 어떤 ×발 놈이 너한테 이 정도밖에 못하느냐고 비웃는다면, 그 새끼는 내가 죽여 버린다. 넌 열심히 했어. 할 수 있는 전부를 했다. 그래도…… 이런 법도 있는 거야. 아무리 열심히 해도, 안 되는 것은 안 돼. 실패할 수도 있는 거야.]

최선을 다해 노력한다고 해서 무조건 성공하는 것은 아니다.

[이 정도 했으면…… 포기해도 된다고 본다.]

'하하……. 너답지 않아.'

[안쓰러워서…… 하는 말이다.]

네가 불쌍해서. 허주가 덧붙이는 말에 이성민은 킬킬거리며 웃었다.

"좋아."

제니엘라가 아랫입술을 핥았다.

"이 정도 통증은 버틸 만한가 보네요. 이제 손가락을 뽑고 눈을 뽑는 것은 질렸어. 조금 더 즐겨볼까요. 내장을 훑는 것은 어때요? 장기를 제대로 본 적이 있나요? 위나, 간이나, 대장이나……. 알아요? 대장은 엄청 길어요. 당신의 건 얼마나 길까."

아니면.

[……의식을 놔.]

허주가 조언했다.

"당신 말고 다른 사람을 괴롭혀 볼까."

[듣지 마.]

제니엘라가 숙였던 몸을 일으켰다. 감각이 예민하다. 냄새가…… 났다. 쏟아낸 피의 비린내가 아닌, 다른 냄새. 이성민은 그 냄새를 알았다.

느끼지 마. 허주가 다시 말했다. 허주의 목소리가 떨리고 있었다. 그는 진심으로 이성민을 위해서 이런 말을 하고 있었다. 이성민이 더 절망하지 않도록. 그가 비명을 지르지 않도록.

[너무 잔인한 일이다.]

안다. 그녀에게는, 언제나 이런 냄새가 났다. 이름 모를, 그런 들꽃의 냄새.

이성민의 손끝이 바르르 떨렸다.

"보고 싶어요?"

제니엘라가 웃으며 물었다. 마력이 이성민의 머리를 강제로 옆으로 돌려 버렸다.

그는 하나밖에 없는 눈을 크게 떴다. 일어선 제니엘라와 웃음으로 들썩거리는 어깨와 기대에 부풀어 사뿐거리는 발과 그 앞의 창백하게 질린 얼굴로 서 있는 백소고를.

쿤을 죽이고 왔다. 쿤의 죽음으로 그의 힘이 제니엘라에게 되돌아가겠지만, 사제와 함께 합류해 싸우면 괜찮다고 생각했다.

쿤은 강했다. 만월은 그의 힘과 재생력을 더욱 강하게 만들었다. 그래서 생각보다 시간이 오래 걸렸다.

하지만 어려운 일은 아니었다. 그의 공격은 치명적이지도 않았고, 백소고만큼 빠르지도 않았다.

생각보다 쉬웠다. 이곳으로 오면서, 제니엘라와의 싸움도 생각보다 쉬울 것이라고 생각했다. 사제와 함께 싸운다면 그 강력하다는 뱀파이어 퀸을 쓰러뜨리는 것도 가능하다고 생각했다.

"사…… 제……?"

"걱정하지 마."

대답한 것은 이성민이 아닌 제니엘라였다.

"저런 몰골이어도 살아 있어. 지금 이 순간에도 계속 재생하고 있지. 대단하지 않아?"

"사제……."

"부르는 것도 다 듣고 있을 거야. 왜? 네 사제의 목소리가 듣고 싶어? 그렇다면 내가 좀 도와줄게."

제니엘라가 들어 올린 손을 까딱 움직였다.

푸확!

바닥에서 솟구친 붉은 송곳이 이성민의 배를 꿰뚫었다. 둘둘 말린 내장이 이성민의 코앞까지 올라왔다.

"아아아아악!"

이성민의 입에서 비명이 터졌다. 사저, 제발. 이성민은 덜덜 떨리는 입술을 씹었다.

도망쳐. 입술을 뻐끔거리며 그렇게 말했다. 허주는 더 이상 아무런 말도 하지 않았다. 저런 모습을 보게 하고 싶지 않았는데. 허주의 중얼거림이 멀게 들렸다.

"사제!"

백소고가 고함을 질렀다. 머릿속이 하얗게 변했다. 백소고의 발이 땅을 박찼다. 호흡처럼 자연스럽게 펼쳐진 무영탈혼이 백소고의 몸을 움직이게 만들었다. 그녀는 두 눈을 부릅뜨고 제니엘라를 향해 달려들었다.

"제발, 사저."

이성민은 울먹거리는 목소리로 백소고를 불렀다. 당신은 절대로 저 괴물을 쓰러뜨릴 수가 없다. 도망, 도망쳐야 해. 의식이 뒤흔들렸다. 부서질 것만 같아.

"응."

제니엘라가 풋 웃었다.

목을 움켜쥐려던 백소고의 손이 제니엘라의 손에 잡힌다. 그녀는 살포시 미소 지으며 백소고의 손목을 돌려 꺾었다. 백소고는 저항하지 않고 띄운 몸을 그대로 회전하여 손목이 부러지지 않도록 움직였다.

그러는 중에 백소고의 반대쪽 손이 제니엘라의 손목을 잘라냈다.

푸확!

잘린 손목에서 피가 뿜어졌다. 이성민은 피눈물을 뚝뚝 흘리며 그런 백소고를 보았다. 백소고의 눈과 이성민의 눈이 마주쳤다.

'왜 우는 거야?'

백소고는 그런 생각을 했다.

'많이 아파?'

걱정하지 마, 사제. 괜찮아. 사제가 나를 여러 번 위기에서 구해준 것처럼, 이번에는 내가 사제를 구해줄 수 있어. 백소고의 손이 뻗었다. 활짝 펼친 일장이 히죽거리며 웃고 있는 제니엘라의 안면으로 날아갔다.

"제발."

"응?"

제니엘라가 머리를 돌려 이성민을 보았다.

"뭐라고 했어요?"

백소고가 그 자리에 주저앉았다. 그녀는 후둑거리며 떨어지는 피를 보며 멍하니 눈을 깜박거렸다. 제니엘라는 백소고의 배에 박혀 있던 손을 뽑아냈다.

"빨리 말하지 그랬어요? 그럼 적절하게 멈출 수 있을 텐데."

"아…… 으……."

백소고의 입에서 피가 뚝뚝 떨어졌다.

"아아아아!"

이성민은 피를 토하며 울부짖었다. 재생한 몸뚱이가 움직인다. 그것이 완전히 움직이기 전에 제니엘라가 튕긴 마력이 이성민의 머리를 터뜨렸다.

"괜찮아, 괜찮아요. 죽이지는 않아. 응, 아직은."

하지만 인간은 귀찮네. 제니엘라는 엘릭서를 한 병 꺼내 뻥 뚫린 백소고의 상처에 부었다.

"힘 조절을 하는 것이 어려워서."

제니엘라는 그렇게 중얼거리며 시선을 들었다.

"보고만 있을 거야?"

어둠 속에 숨은 이들을 향해, 제니엘라가 질문을 던졌다.

'어떡하지.'

스칼렛은 숨을 죽이고 상황을 지켜보았다. 판단을 내리려 해보아도 도대체 어떻게 판단하고 행동하는 것이 정답인지 모르겠다. 아니, 애초에 정답이라는 것이 있기는 한가?

스칼렛은 손을 쥐었다 폈다. 장갑 안의 손이 땀으로 흠뻑 젖어 있었다. 어깨와 다리가 후들거리며 떨렸다. 스칼렛은 자신이 느끼고 있는 감정이 공포라는 것을 잘 알았다.

"보고만 있을 거야?"

제니엘라가 물었을 때. 스칼렛은 숨을 삼켰다. 눈치챘다? 당연히 그렇겠지. 어떡하지? 스칼렛인 아랫입술을 잘근거리며 씹었다.

배에 구멍이 난 백소고가 바닥에 쓰러져 꿈틀거리고 있었다. 제니엘라는 킥킥 웃으며 그 상처에 엘릭서를 부었다. 피가 울컥거리며 나오던 상처에서 부글거리며 거품이 끓는다.

이런 광경은 상상하지 않았다. 상상하고 싶지 않았다.

생각보다 쉽다는 생각은 계속해서 하고 있었다. 리치도, 데스 나이트도, 요괴도. 상대하는 것이 어렵지 않았다. 충분히 준비를 갖추었기 때문이기도 했고, 놈들의 진군이 그리 위력적이지 않은 탓이기도 했다.

시간이 걸리기는 했지만, 모조리 소멸시키는 것에 큰 문제는 없었다. 테레사와의 통신이 끊어진 것에서 이런 상황은 어느 정도 예측했다. 다만, 이렇게까지 끔찍할 것이라고는 상상하고 싶지 않았던 것뿐이다.

스칼렛은 이성민을 보았다. 송곳에 사지가 꿰뚫린 모습. 왼쪽 눈구멍에서 튀어나온 붉은 송곳에 터진 눈동자가 대롱대롱 매달려 있었다. 스칼렛은 떨고 있는 자신의 어깨를 붙잡았다.

'내가 더해진다고 해서 뭐가 달라지지?'

그런 생각이 들었다. 그녀는 자신의 실력에 자신이 있었지만, 그렇다고 불가능에 도전할 만큼 오만하지는 않았다. 냉정하게 생각해 본다면 스칼렛이 더해진다고 해서 상황을 뒤집을 수는 없다. 그나마 할 수 있는 것은 가는 길이 외롭지 않게 같이 죽어주는 것이 전부일 것이다.

"보고만 있어도 상관은 없어."

그것도 재미있을 것 같거든. 제니엘라는 작은 목소리로 소곤거리면서 손을 움직였다.

붉은 마력에 휘감긴 백소고의 몸이 둥실 떠올랐다. 백소고는 인간이다. 이성민이나 제니엘라처럼 부상을 순식간에 재생하는 것은 불가능하다.

백소고의 얼굴은 고통으로 창백했다. 엘릭서로 인해 상처는 재생하고 있지만, 속도는 늦다.

"놔······!"

그래도 백소고는 움직였다. 그녀는 손을 크게 휘둘러 제니엘라의 속박에서 벗어나려고 했다.

"안 돼."

제니엘라가 비웃었다.

퍼퍽!

튀어나간 마력이 백소고가 휘두른 팔을 부러뜨렸다. 백소고는 이를 꽉 물며 비명을 삼켰다.

"그만······!"

이성민은 몸을 비틀며 고함을 질렀다.

우둑, 우두두둑.

사지를 꿰뚫고 있는 마력의 송곳에서 몸을 억지로 뽑아냈다. 뼈가 부러지고 근육이 끊겨 사지가 찢어졌다.

아득한 고통이 정신을 뒤흔들었다. 그 비명도 지르지 않았다. 육체의 고통보다 정신이 문제였다. 제니엘라의 손이 백소고의 목을 움켜쥐었다.

사지를 끊고 속박에서 벗어난 이성민은 벌레처럼 땅을 기었다. 빠르게 재생된 팔로 땅을 딛고, 그다음으로 재생된 발로 땅을 박찼다. 앞으로 뛰어 달리면서 이성민은 짐승처럼 울부짖었다.

"듣기 좋은 소리야."

제니엘라가 머리를 끄덕거리며 킥킥 웃었다. 그녀는 뒤를 돌아보지 않고 마력을 휘둘렀다.

앞으로 덮쳐오는 마력을 맨손으로 찢어내며 이성민은 제니엘라의 등을 노렸다. 목이 잡힌 백소고의 눈과 이성민의 눈이 마주쳤다.

"얌전히 누워 있을 것이지."

제니엘라가 이죽거리며 마력을 움직였다. 거리가 너무 가까웠다. 피하기에는 늦었다. 요정의 가호는 거의 남아 있지 않았다.

이성민의 품 안에서 루비아가 튀어나왔다. 지금이 올바른 타이밍인지는 모르겠다. 하지만 지금 어떻게든 하지 않으면, 저 끔찍한 괴물의 여왕은 모든 이들을 죽여 버릴 것이다.

'제발, 닿기를.'

루비아는 두 눈을 질끈 감고서 생각했다.

쩌어엉!

정령의 여왕이 루비아에게 부여했던 가호가 눈 부신 빛을 터뜨렸다. 근접거리에서 터진 제니엘라의 마력이 루비아가 만들어낸 방어벽을 뚫지 못했다.

"어머."

제니엘라의 눈이 동그랗게 떠졌다. 고작해야 인공 정령이 자신의 힘을 막아낼 것이라고는 상상도 하지 못했기 때문이었다.

"가요……!"

루비아가 악을 쓰며 외쳤다. 이성민은 루비아의 방어에 놀라면서도 그녀의 몸을 지나쳤다.

다시 한번. 이성민의 창끝에 무극이 깃들었다.

"안 돼."

스칼렛이 중얼거렸다.

머리가 사라진 이성민의 몸이 기우뚱 무너지고 있었다. 너무 심했나? 제니엘라가 눈썹을 찡그리며 중얼거렸다.

"아직 죽으면 안 되는데."

제니엘라는 놓고 있던 백소고의 몸을 바닥에 처박았다. 땅거죽이 크게 들썩거리며 백소고의 몸이 지면에 처박혔다.

"아아악!"

오슬라가 비명을 질렀다. 그녀는 온몸에서 피를 철철 흘리며 제니엘라의 속박에서 벗어났다. 하지만 그녀의 발악도 상황을 바꾸지는 못했다. 제니엘라의 마력이 오슬라의 날개를 찢어발겼고, 그녀의 몸이 아래로 추락했다.

"안 돼…… 안 돼……."

힘없이 바닥에 널브러진 루비아가 겁에 질린 얼굴로 중얼거렸다.

"살아 있어요?"

머리가 사라진 이성민의 몸이 땅에 누워 꿈틀거린다. 제니엘라는 목의 절단면이 부글부글 끓는 것을 보며 빙그레 웃었다.

"살아 있네."

제니엘라는 이성민의 몸을 툭 걷어차면서 중얼거렸다.

"안 돼."

스칼렛은 꽉 쥔 주먹을 내려 보면서 중얼거렸다.

이성적으로 생각하면, 도망치는 것이 옳았다. 스칼렛에게 저 상황을 뒤집을 능력은 없다. 잘 안다. 스칼렛은 그런 행동이 잘못된 것이라고는 생각하지 않았다. 결국 중요한 것은 자신의 목숨 아닌가. 세상이 멸망한다고 해도, 당장 살아남는 것이 중요한 거니까.

용기와 만용을 구분하지 못할 정도로 어린 것은 아니다. 내일 당장 세상이 멸망한다면, 사과나무를 심는 것이 아니라 그냥 사과나 하나 더 먹는 것이 옳다고 생각했다.

"안 되겠어."

이성적이지 않아. 개죽음이라는 것을 알잖아. 이건 용기가 아니라 만용이야. 그래도 안 되는 건 안 되는 거야. 도저히 보고 있을 수가 없어. 바보 같은 짓이라는 것은 안다.

스칼렛은 크게 숨을 삼켰다. 하기로 했으니까 후회하지 마. 약속해. 후회하고, 원망하지 않기로.

"나중에 받아낼 거니까."

그럴 수 있다면 말이야.

스칼렛은 숨어 있던 나무 뒤에서 몸을 빼냈다. 후들거리는 다리를 부여잡으면서 마법을 걸었다. 흔들리는 정신을 마법으로 강화했다. 그래도 공포는 사라지지 않았다.

"나왔네?"

제니엘라가 이를 보이며 웃었다.

"도망칠 줄 알았는데. 생각했던 것보다 착한 아이구나. 아니면 생각했던 것보다 바보이거나."

스칼렛은 대답하지 않았다. 장소가 좋지 않다. 이 구역에도 마법을 미리 설치해 두기는 했지만, 이성민과 제니엘라의 싸움 덕에 설치한 마법이 모조리 파괴되었다.

'쓸데없이 힘만 좋아서는. 이래서야 희망도 갖지 못하잖아.'

아냐, 후회하지 마. 그걸 알면서도 앞으로 나왔잖아. 뭘 할수 있다고 나왔담?

제니엘라가 천천히 스칼렛에게 다가왔다. 머리를 잃은 이성민의 몸뚱이는 아직도 꿈틀거리기만 했다.

아무리 이성민이 강력한 재생력을 가지고 있다고 해도, 머리가 통째로 날아간 이상 그것을 재생시키는 것에는 오랜 시간이 걸렸다.

백소고는 깊게 파인 땅 위에서 몸을 일으키고 있었다. 전신 뼈가 부러졌고 내장도 상했다. 하지만 그녀는 어떻게든 몸을 일으키며 제니엘라를 노려보고 있었다.

온갖 종류의 감정이 회오리치고 있었다. 공포, 절망, 후회,

증오. 그 감정의 구렁텅이 속에서 제니엘라만이 희열을 느끼고 있었다. 보름달 아래의 숲은 제니엘라에게 있어서 분위기가 무르익은 연회장이었다.

"와봐, 이년아!"

스칼렛이 고함을 질렀다. 그녀는 공포를 떨쳐내기 위해 욕설을 내뱉으며 활짝 펼친 양손을 휘둘렀다. 붉은 룬 문자가 그녀의 주변을 가득 에워쌌다.

제니엘라가 큰 소리로 웃었다.

"그런 욕을 듣는 것은 오랜만이야!"

제니엘라의 몸이 땅을 박찼다.

공간 마법이 제니엘라의 이동 속도를 계산했다. 임기응변으로 마법을 때려 박는 재주 따위는 없다. 정확한 계산을 바탕으로 해서 카운터를 먹여야 해.

'시간이 없어. 큰 마법은 못 써.'

효율이 나쁘더라도 마력을 직접 때려 박는 수밖에 없겠네. 아니면 간단한 마법 위주로.

스칼렛은 블링크를 펼쳐 제니엘라와의 거리를 벌렸다. 제니엘라의 이동 속도를 계산한다. 그리고 그에 맞춰 마력을 즉각적으로 배치했다. 가장 빠르게 펼칠 수 있는 마법을 위주로 하여 단순 마력의 덩어리를 포탄으로 삼았다.

내구력을 보강하기 위해 실드를 겹겹이 씌웠다. 수천 다발의 마력탄이 만들어졌다. 조금 더 시간이 있었다면 행동 패턴까지 계산해 기입하겠지만, 그것까지 바라는 것은 욕심이다.

수천 개의 마력탄이 밤하늘을 갈랐다. 한 점으로 모인 마력탄이 제니엘라의 마력을 꿰뚫었다. 제니엘라는 한 점으로 모여 파고들어 온 마력탄을 보며 히죽 웃었다.

꽈아앙!

제니엘라가 휘두른 손이 마력탄을 일격에 소멸시켰다.

"괴물 년……!"

위력이 생각보다 너무 강해. 단순 마력탄으로는 안 되나? 마력의 배열을 바꾸어서 위력을 높일까, 아니면 시간을 들여 대마법을 준비해? 아니, 어느 쪽이든 시간이 부족해.

제니엘라가 코앞까지 다가왔다. 스칼렛은 두 눈을 부릅뜨고서 실드에 모든 마력을 쏟아부었다.

제니엘라의 손톱은 그 실드를 쉽게 박살 냈다. 파고든 충격에 스칼렛의 입에서 피가 뿜어졌다. 그녀의 몸이 뒤로 쭉 날아 땅을 뒹굴었다.

"아아아아!"

백소고가 비명을 지르며 제니엘라의 등 뒤로 달려들었다.

"말을 해, 말을. 비명만 듣는 것은 질린단 말이야."

"아파……!"

땅을 뒹군 스칼렛이 피를 토하며 중얼거렸다. 후회하지 않겠다고 마음먹었는데 후회가 밀려왔다.

제니엘라는 등 뒤에서 덮쳐오는 백소고를 향해 빙글 몸을 돌렸다. 백소고가 뻗은 주먹이 제니엘라의 가슴으로 날아갔다. 제니엘라가 그 손을 낚아채고, 부러뜨리려고 할 때.

콰직!

제니엘라의 몸이 땅을 뒹굴었다. 흑룡협은 제니엘라가 뒹구는 것이 멈추기도 전에 전속력으로 그녀를 향해 덤벼들었다.

"너도 왔어?"

제니엘라의 몸이 부자연스럽게 일어났다. 붉은 마력이 제니엘라의 몸을 지탱했다.

"한 명이 더 있을 텐데?"

흑룡협은 대답하지 않았다. 테레사가 보이지 않는다. 이성민은 머리를 잃고 쓰러졌고, 날개가 찢긴 오슬라는 마력의 송곳에 처박혀 고통스러운 숨을 헐떡거리고 있었다. 백소고는 제대로 움직이지 못하고 있었고 스칼렛도 부상을 입었다.

제니엘라가 큰 소리로 웃으며 마력의 칼날을 쏘아 보냈다. 흑룡협의 피부가 새카만 비늘로 뒤덮였다.

까가각!

제니엘라의 마력이 드래곤의 비늘은 뚫지 못하고 옆으로 흘려졌다.

"성능은 좋은데, 그리 보기 좋지는 않네."

리자드맨 같잖아. 제니엘라가 이죽거렸다. 흑룡협은 손을 뻗어 제니엘라의 목을 움켜쥐었다.

그 즉시 손아귀에 힘을 주어 제니엘라의 목을 으스러뜨렸다. 압력에 폭발한 머리에서 피 분수가 터졌다.

"한 명은 어됐냐고."

왜 한 명이냐.

묻지는 않았다. 알고 있었다. 이곳에 오기 전에 보고 왔으니까. 흑룡협은 만족스럽게 웃으며 죽어 있던 창왕의 시체를 떠올렸다.

결국 그렇게 죽었으면서 뭐가 그리 즐거워서 그렇게 웃고 있었는지. 몸뚱이 절반이 날아간 상태로, 머리만 간신히 남아 웃어서…… 무신과 싸워보겠다고 하지 않았나. 죽던 중에 그런 미련도 남기지 않았나?

'그건 부럽군.'

퍼억!

제니엘라의 마력이 흑룡협의 어깨를 꿰뚫었다. 응집시킨 마력은 드래곤의 비늘을 꿰뚫을 정도로 강인했다.

흑룡협의 몸이 순간 휘청거렸지만, 그는 멈추지 않고 앞으로 나아갔다. 테레사의 시체가 보이지 않는다…… 시체조차 남기지 않은 것일까. 아니면 살아남았나? 이어 펼친 권법이 제니엘라의 마력을 부수고 그녀를 압박했다.

제니엘라는 맨몸으로 흑룡협의 권격을 받아냈다. 온몸이 터져가면서도 제니엘라의 마력이 권법의 틈을 파고들었다.

로이드는 그리에스를 내려 보고 있었다.

"……왜냐……."

몇 번이나 시도했다. 수명은 아깝지 않았다. 지금 이 상황을 타개할 수 있는 것은 그리에스의 마법뿐이었다. 불멸자가 된 준마왕, 김종현을 이 시공간에서 완전히 추방시켜 버렸던 그리에스의 마법. 아벨이 자신의 남은 수명과 죽어가는 형 카인의 수명까지 빼앗아 펼쳤던 마법. 오직 그 마법만이 지금의 상황을 타개할 수 있었다.

그런데 마법을 쓸 수가 없다.

"대체 왜……."

로이드는 흔들리는 눈으로 그리에스를 내려 보았다. 추방 마법뿐만이 아니다. 그리에스의 모든 마법이 사용되지 않는다.

아까까지만 해도 사용할 수 있었다. 진군하는 데스 나이트와 리치, 요괴의 군대와 싸울 때만 해도 그리에스의 마법을 사용할 수 있었단 말이다. 그런데 정작, 제니엘라를 노리고 마법을 준비하려 하니 그리에스가 반응하지 않는다.

'이게 운명인가……?'

로이드는 그리에스를 꼭 움켜쥐었다. 마력을 계속해서 주입

했다. 그리에스는 여전히 아무런 빛도 내지 않았다. 로이드는 그리에스를 펼쳤다. 책장을 가득 채운 문자가 사라지고 있었다. 누군가가 그리에스의 마법을 쓸 수 없게 만들고, 그리에스를 채운 마법을 지워 버리고 있었다.

'대체, 누가. 신령? 신 외에 누가 이런 짓을 할 수 있단 말인가?'

"이게…… 정해진 결말이라고?"

로이드는 절망한 목소리로 중얼거렸다.

머리가 날아간 것은 확실한 죽음이었지만, 완전히 인간이 아니게 된 육체는 그 확실한 죽음에서도 혼을 붙잡고 느리게나마 재생을 이어가고 있었다.

그러는 동안 이성민의 의식은 어둠 속을 떠돌았다. 그 속에서, 그는 '현실'에서 무슨 일이 일어나고 있는 것인지를 잊었다. 그의 의식은 그가 살아온 길고 긴 시간 속을 헤매었다.

나는 중원 서울 무림의 광진구 흑련문의 문주 이성준의 아들로 태어나 어린 시절부터 각종 무공을 고루 익혔다. 타고 난 자질은 고금제일을 논하기에 부족함이 없었으나 무공을 익히고 무조건 강해지는 것에 염증을 느껴 대학에 꼭 가야 한다는 현실을 이해하지 못하고 학교 선생님의 말을 듣지 않고 그 어린 나이에 아버지인 흑련문의 문주 양무기의 수준을 뛰어넘어 초절정의 벽을 우습게 뛰어넘었다.

좋은 대학에 가서 좋은 직장에 취직해야 한다는 부모님의 잔소리보다는 운동장에서 공을 차는 것이 좋았고 PC방을 오가며 싸구려 용병 짓으로 벌어들인 하루 일당으로 싸구려 창녀를 사는 것이 즐거웠다.

나는 위대한 종족인 드래곤이었고 마법의 조종이었다. 널찍한 숲을 영역으로 삼고 있는 대요괴 허주라는 놈은 직접 본 적은 없었지만 두렵지는 않았다.

나는 놈이 지배하는 숲을 가로질렀고 학원에 가야 했기에 PC방을 나와 집으로 돌아갔다. 학원 숙제를 하지 못했다는 것이 마음의 불안이었지만 흑련문의 무공은 보잘것없었다.

아버지의 성취를 뛰어넘어 초월지경을 논하게 된 내가 가장 먼저 한 일은 나만의 무공을 만드는 것이었는데, 그게 바로 흑뢰번천이었다.

흑뢰번천은 세상 제일의 빠름을 담고 있으며 마법은 위대하고 정신을 차리고 보니 처음 오는 이세계였다.

나는 귀혈수라라는 별호를 갖게 되었고 700년 전의 난세에서 나는 유력한 천하제일인으로 꼽혔다. 주변에 누군가가 있는 것이 그리 좋지 않아 낭인의 삶을 살았고 수라천살공만이 나의 벗이었다.

혹뢰번천을 완성하고서 보다 대단한 경지를 논하기 위해 데니르를 찾아갔고 숙제를 하지 않았다는 걱정에 학원에 가고 싶지 않았다. 용병 생활은 언제 죽을지 모르는 위험투성이였고 낭인으로 떠돌던 중에 제니엘라와 제미니라 이름을 대는 자매를 양녀로 들였다.

나는 전생의 돌을 잡아 회귀했고 허주의 숲을 가로질러 날다가 놈에게 붙잡혀 끔찍한 고통을 겪었다.

학원에 도착하지 못하고, 정신을 차려보니 나는 이 빌어먹을 세계에 와 있었다. 부모님과 친구들이 보고 싶었지만 내 곁에는 양녀로 삼은 두 뱀파이어가 있었다.

그들과의 생활은 즐거웠고 코로나 용병단 소속 C급 용병인 나는 미래에 아무런 희망도 없다고 느꼈다.

다시 돌아온 세계에서 나는 스스로를 마황이란 별호로 칭하였고 고금제일인일지도 모른다는 생각을 가졌다. 수백 년이 흘러 귀혈수라 주희백이라는 이름은 잊혀졌고 나는 제니엘라의 두 번째 혈족이 되었다. 혈마라는 별호는 마음에 들지 않았다.

C급 용병이었던 나는 위지호연과의 만났다. 검귀를 죽여 귀창이 되었고 모두가 나를 마황이라고 불렀다. 드래곤인 나는 허주의 손에 허무하게 죽음을 맞았다.

나는, 나는, 나는…….

'누구였지?'

기억이 뒤엉켰다. 혼이 없었던 아이네를 제외하고서, 지금의 이성민, 전생의 이성민, 드래곤 하트의 주인이었던 드래곤, 혈마, 사마련주. 이성민이 먹었던 세 개의 심장의 기억이 본래의 기억과 뒤섞였다. 그것들이 아귀가 맞지 않게 되는 대로 끼워 맞춰진 기억은 혼돈이라고 말하기에 충분했다.

그 혼돈의 중심에서 이성민은 자신의 존재를 의식했다. 아주 애매하게.

'나는 누구지?'

이성민은 자신의 손을 내려 보았다. 지금 이곳에서, 그는 사마련주인 마황 양일천이었고, 허주에게 죽은 흑룡협의 아버지인 드래곤이었으며, 제니엘라와 제미니의 양부였던 혈마, 한때 귀혈수라라고 불렸던 주회백이었다. 그 모든 기억을 가지고 있는 나는 이성민인가?

"야."

이성민은 소리가 들린 방향을 바라보았다. 허주가 등을 돌리고 서 있었다. 그는 회오리치는 기억과 의식의 혼돈을 응시하고 있었다.

흐릿한 안개 너머로 혼돈이 있었다. 이성민은 허주의 등을 보면서 온갖 종류의 감정을 동시에 느꼈다.

그가 가장 크게 느낀 것은, 수백 년 전에 허주에게 죽었던 드래곤의 감정이었다. 일방적인 죽임을 당했음에도 그 드래곤에게 남은 감정은 한결같은 공포뿐이었다.

"뭘 봤냐?"

"……많은 것들."

"내가 무섭냐?"

"아니."

공포의 감정이 희미하게 옅어졌고, 완전히 사라졌다. 몇 번이나 왔던 의식의 세계였다. 이곳에서 이성민은 언제나 허주와 만났었다.

"……나는…… 왜 이곳에……."

"제니엘라가 네 머리를 날려 버렸거든."

제니엘라가? 왜? 양녀인 그 아이가 어째서…… 아니, 이건 내 기억이 아니다. 이성민은 양손으로 머리를 감싸 쥐었다.

"혼란스러운 모양이군."

"……끔찍해…… 끔찍한 기분이야……. 내가…… 내가 아닌 것만 같아……."

이런 경험은 처음이었다. 여태까지 세 번. 이성민은 검은 심장의 능력으로 다른 이들의 힘을 포식해 왔다.

사마련주, 드래곤, 혈마. 그렇게 포식한 힘은 그 대부분이 이성민에게 거의 남지 않았고, 그를 그만큼 성장시키지도 못했다. 여태까지 의식하지 못했던 모든 기억이 이 세계에 맴돌고 있었다. 허주는 그것을 가만히 바라보았다.

"오래되었다."

허주가 입을 열었다.

"네 의식 안에 깃들고, 벌써 십 년이 넘는 세월이 지났어. 그동안…… 나는 그 누구보다 너를 곁에서 가까이 보아왔다. 그리고 네가 가지고 있는 치명적인 결점이 뭔지도 알았지."

"……무슨 말을 하고 싶은 거냐?"

"혼과 육체의 괴리."

허주가 피식 웃었다.

"너는 줄곧 그런 위험성을 몸 안에 지니고 있었다. 어쩔 수 없는 일이야. 넌 복잡한 몸을 가지고 있었으니까. 완전한 요괴가 되고, 환골탈태를 해도, 그래도 너는 불완전해. 언제나 너는 그런 불완전함을 가지고 있었고, 나름의 방법으로 그것을 해결해 왔어. 하지만 언제나…… 완전히 해결되지는 않았지."

"인제 와서 뭘."

"나는 말이다."

허주가 천천히 몸을 돌렸다. 이 세계에서 몇 번이나 보았던 모습이다. 하지만 그가 짓고 있는 표정은 낯설었다.

"확신이 필요했다. 어느 정도 짐작은 하고 있었지만 에이, 설마 그럴 리라고. 그런 식으로 생각하고 있었어. 너에게도 내색하지 않았다. 이렇게 말하기에는 부끄럽지만, 나는 그게 싫었어. 네가 나를 필요 없다고 하는 것을."

"무슨 말을 하는 거야……."

"나 때문이라는 거다."

이해하기 쉽지 않냐? 허주가 껄껄 웃었다.

"하나의 몸에 두 개의 의식이 있다. 주체는 너라지만 나는 언제나 네 의식의 구석에 기생해 있었고, 이 드넓은 의식의 세계의 한 귀퉁이를 차지하고 있었지. 말해봐라. 네가 완전한 요괴가 되기 전에, 너를 위협했던 것이 무어냐."

"……학살포식……."

"정확히 말하자면 요괴로 변이할지도 모른다는 가능성이었다. 그것이 주어졌던 것은? 나 때문이었지."

"지금은 아니야……!"

"정말 그렇게 생각하냐?"

발악하듯 외치는 이성민을 향해 허주가 씁쓸한 표정으로 웃었다.

"왜 완전한 요괴의 몸이 되었음에도 너는 불완전하지? 왜 학살포식이 사라졌음에도 너는 불완전한 것이냐. 육체가 의식보다 우월해서? 포식한 것으로 얻은 힘을 완전히 네 것으로 삼지 못해서? 아니, 아니야. 네 의식은 충분히 성장해 있다. 봐라, 네가 포식으로 얻은 모든 것들은 이 속에 있었다. 네가 느끼지 못했을 뿐이야."

"하지만 지금은……."

"내가 끝이 가까워졌기 때문이다."

허주가 머리를 가로저으면서 이성민의 말을 도중에 끊어냈다.

"잠자는 숲을 나온 후부터 나는 계속, 이런 형태로 남아 있는 것에 한계를 맞이해 가고 있었다. 그리고 이제야말로 진짜 끝이 다가온 거야."

"웃기지 마, 그럴 리가 없어. 네 존재가 나를 불완전하게 만들었던 것이라고? 아직 너는 사라지지 않았다. 하지만 나는, 여태까지 알지 못했던 모든 기억을 손에 넣었어⋯⋯!"

"네 육체가 그것을 바라고 있기 때문이지."

허주가 웃으며 말했다.

"머리가 날아가는 것은, 아무리 재생력이 강한 너라고 해도 부활이 힘들 정도의 치명상이다. 하지만 네 육체는 끈질기게 너를 살리려 하고 있어. 아이네의 검은 심장을 포식해서, 육체의 성능과 진화의 가능성을 극한까지 끌어올리겠다는 네 노림수는 성공했다. 이 극한의 위기 상황에서, 네 우월한 몸뚱이는 어떻게든 살아남고 싸움에서 승리하는 답을 찾아냈어."

허주는 그렇게 말하며 뒷짐을 지고 있던 손을 앞으로 넘겼다. 그것을 본 이성민의 얼굴이 딱딱하게 굳었다.

그 커다랗던 손이 흔적도 없었다. 손목부터 조금씩, 허주의 몸이 가루가 되어 흩날리고 있었다.

"네 안의 불완전함을 완전히 배제하는 것으로 말이다. 뭐,

예정되어 있던 일이지. 어차피 나는 오래 남아 있지 못하는 몸이었다. 이 정도 버틴 것도 오래 버틴 것이지."

"왜……."

이성민은 자리에 주저앉았다. 이해하고 싶지 않은 일이었지만 이해할 수밖에 없었다.

허주는 거짓말을 하지 않는다. 허주의 말에서 잘못된 점을 찾을 수도 없었다.

그것이 증오스러웠다. 역겨울 정도로. 모든 상황이, 이렇게 되어버리는 것이. 왜 전부 사라지는 것일까. 왜 마음을 주고, 사라지지 않기를 바란 존재들은 하나씩 이성민을 떠나는 것일까.

"10년 전에 사라지려고 했다."

학살포식을 가로막았을 때. 허주는 자신의 소멸을 각오했다.

"일이 잘 풀려 학살포식만 소멸했지. 멋지게 퇴장할 수 있었는데, 놈이 허무하게 사라진 덕에 내가 떠날 이유가 사라졌어. 그때부터…… 어느 정도 짐작하고 있었다. 내 존재가 네게 큰 도움이 되지 않는다는 것을."

"아니야……!"

이성민은 참지 못하고 고함을 질렀다. 도움이 되지 않았던 적이 없다. 이성민의 정신이 부서지지 않고 여태까지 버텨올 수 있었던 것은 허주 덕분이었다.

광천마과 사마련주가 죽었을 때 이성민을 위로했던 것은 허주였다. 이성민의 곁에 아무도 없었을 때도, 누군가가 있었을 때도. 허주는 항상 이성민의 의식 속에 있었다. 이성민의 고민을 들어주고, 상담해 주고, 농담을 던지고. 그렇게 언제나.

"네가 기다려 달라고 했을 때는 기뻤다."

하지만 이렇게 되니 후련하기도 해. 허주가 완전히 사라진 양팔을 흔들었다.

"이렇게 확신을 얻었으니까. 네게 도움이 되지 않는 이상, 나는 더 이상 네게 남아 있을 수가 없다."

"안 돼……."

이성민은 머리를 양손으로 감싸 쥐며 울먹거렸다.

"너, 너마저 사라져 버린다면. 나는…… 대체 어떻게 하라는 거냐……?"

"지금 이 순간에도 다른 녀석들은 제니엘라에게 죽어가고 있다."

이성민의 몸이 덜덜 떨렸다. 희미했던 기억이 확실하게 올라온다. 머리가 날아가기 전. 피를 뿜으며 쓰러졌던 백소고의 모습과 스칼렛과…….

"죽는 것도 아니야."

허주는 그렇게 중얼거리며 이성민을 보았다. 그는 주저앉은 이성민의 등 뒤에 길게 이어져 있는 길을 보았다. 저 먼 곳에서 알고 있는 얼굴이 보였다. 사마련주와, 창왕.

허주는 껄껄 웃었다.

"네 스승과 마찬가지다. 너를 떠난 나는…… 소멸하지 않아. 이 세계를 떠나, 자격 있는 놈들만 갈 수 있는 길로 향하는 것이지."

"결국은 떠나는 거잖아……."

"울지 마, 새끼야."

이성민의 울먹거림을 듣던 허주가 욕설을 내뱉었다. 그는 성큼성큼 다가오더니 주저앉은 이성민의 몸을 발로 걷어찼다.

"나보고 어쩌라는 거냐? 네가 가지 말라 징징거려 대도 나는 결국 널 떠나야 해. 소멸해야 한다고. 지금 이 순간에도 나는 사라지고 있다. 어쩔 수 없이 말이다. 말조차 남기지 않고 사라지는 것은 좀 그래서 이렇게 남아 너에게 작별 인사를 하고 있는데. 너는, 이 어르신의 마음을 헤아리지도 못하고 지 슬프다고 징징거리기만 해?"

"나 때문이잖아……!"

"그래, 너 때문이지, 이 개새끼야. 네가 제니엘라보다 약해서, 네 몸이 나를 필요 없다고 꺼지라 하고 있다고. 그래도 말이다."

허주는 다시 한번 이성민의 몸을 걷어찼다.

"기왕 꺼지게 되었으니 내 의지로 가련다. 나는 아무 후회도 없다. 네가 어디까지 할 수 있는지 보고 싶었지만, 이제는 보고 싶어도 못 보게 되었어. 그래도 괜찮아. 나는 너를 믿으니까. 네가 제니엘라, 그 개같은 년을 찢어버리고 종언이라는 빌어먹을 운명도 박살 내고, 하고 싶은 것 다 하고 살다가…… 나중에, 더 이상 하고 싶은 일이 없게 되었을 때. 먼저 간 나와, 사마련주와, 창왕을 따라서. 그 길에 오르게 될 것이라고 믿는다."

허주는 그렇게 내뱉으며 이성민의 얼굴을 노려 보았다.

"그러니까, 웃어 ×발 놈아."

허주는 자연스레 주먹으로 이성민의 얼굴을 갈기려 하였으나, 팔이 완전히 사라져 버린 탓에 주먹을 날리지 못했다.

"질질 짜고 울어서 못생긴 얼굴 보여주지 말고. 웃으라고."

"웃으라고……."

나는 지금 어떤 표정을 짓고 있을까.

거울을 보지 않아도 알 수 있었다. 눈물이 멈추지 않고 흘렀고, 안면 근육은 경련이라도 난 것처럼 꿈틀거리고 있다.

"그게…… 될 리가…… 없잖아……."

광천마가 죽었을 때도, 사마련주가 죽었을 때도. 이성민은 언제나 이런 기분을 느꼈다. 다시는 이런 기분을 느끼고 싶지 않다고 생각했다.

그 후로 꽤 많은 시간이 흐르고, 많은 사건을 겪었음에도, 그들의 죽음을 떠올릴 때는 언제나 기분이 끔찍해졌다.

왜 나는 아무것도 하지 못했을까. 왜 나는 무력했을까. 왜 나는, 왜 나만, 이렇게 살아 있을까. 절망과 자괴감과 후회 속에서 증오를 세웠다.

"너는…… 안 돼……."

목소리가 덜덜 떨렸다. 인정할 수밖에 없었다. 그건 당연한 것이기도 했다.

광천마보다, 사마련주보다. 이성민은 허주와의 인연을 소중하게 여기고 있었다. 잠자는 숲에서 허주와 만난 후로, 그는 언제나 이성민의 의식과 연결되어 있었다.

이성민이 보는 것, 느끼는 것, 그 모든 것을 허주도 함께 느꼈다. 이성민이 남에게 털어놓지 못하는 고민도 허주는 느끼고서 조언해 주곤 했었다.

허주는 이성민의 모든 것을 이해하면서 떠나지 않고 곁을 지켜준 친구였다. 이성민의 부족한 점을 지적해 주고 위태로운 정신을 보듬어준 스승이었다. 그 누구보다 이성민을 잘 알고, 그에 공감해 준 아버지이기도 했다.

"아니."

허주가 머리를 가로저었다.

"가야 해. 갈 수밖에 없으니까. 너를 위해서, 나를 위해서. 지금 네가 나보고 떠나지 말라고 애걸하는 것은 아무 의미 없는 일이다. 늦건 빠르건의 차이고, 아무리 늦어봐야 아주 조금 늦게 될 뿐이다."

"어떤…… 어떤 다른 방법이 있을 거야."

"아니, 없다."

허주가 단언했다. 그는 눈짓으로 의식의 풍경을 가리켰다. 짙은 안개로 잘 보이지 않았던 그 세계가, 지금은 제법 잘 보이고 있었다.

이성민의 어깨가 후들거리며 떨렸다. 이해하고 있었다. 본래이 세계는 아무것도 없던, 안개가 자욱한 새하얀 세계였다. 그리고 허주가 사라지면서…… 그 세계가 희미해지고 있었다.

"울지 마."

허주가 다시 한번 말했다.

"어쩔 수 없다는 것은 너도 알지 않냐. 너무…… 오래된 거야. 10년 전에 사라졌어야 했어."

이성민은 양손으로 얼굴을 감쌌다.

짧은 순간에, 많은 생각을 했다. 어쩔 수 없다는 것들을 이해한다. 다른 몸으로 허주의 혼을 옮긴다면?

무리다. 텅 비었던 아이네의 몸을 상대로도 한번 해보겠느냐 물었지만, 그때 허주는 그런 일은 불가능하다고 했다.

"어떤 형태로든 내가 더 이상 남아 있을 방법은 없어."

이성민의 마음을 느낀 허주가 피식 웃으며 말했다.

"계집아이의 몸뚱이를 취하고 싶지도 않았고……. 그냥, 방법이 없는 거야."

"……그래."

울지 말고 웃어. 이성민은 자기 자신에게 그렇게 중얼거렸다. 어쩔 수 없다는 것을 이해하고 납득했다.

그렇다면 웃어야 했다. 지금 이 순간이 허주와의 마지막이라면, 그가 바라는 대로 울지 말고 웃어야 했다.

양손으로 얼굴을 덮었다. 멈추지 않고 흘러 떨어지는 눈물을 계속해서 비벼 닦았다. 경련하는 뺨 근육에 힘을 주었다. 아래로 처져 떨리는 입꼬리를 억지로 위로 올렸다.

"×나 못생겼군."

허주가 그런 이성민을 내려 보면서 낄낄 웃었다. 이성민은 그 웃음이 떨리고 있음을 느꼈다. 호탕한 척 아무렇지 않게, 비웃고 이죽거리고 있어도 허주 역시 동요하고 있었다.

이성민은 비틀거리며 몸을 일으켰다. 심호흡을 하며 감정을 진정시키려 애를 썼다. 잘되지 않았다. 기껏 닦은 눈물이 다시 흘렀다.

"그만 좀 짜."

"……그게 될 리가 없잖아……."

이성민은 힘없는 목소리로 대답했다. 허주가 소멸한다. 십수 년 동안 의식 한 귀퉁이를 차지하고 있던 불청객이 사라진다.

앞으로는, 어떤 생각을 하거나 행동을 할 때 허주의 존재를 의식하고 괜스레 민망해할 필요는 없을 것이다. 절망감이 밀려올 때마다 허주의 존재를 찾아 그에게 조언과 위로를 바라지 않아도 될 것이다. 허주가 던지는 실없는 말을 굳이 무시하려 들 필요도 없을 것이다.

끔찍했다. 누군가를 잃고, 혼자가 될 때마다…….

사실 이성민은 혼자가 아니었다. 그럴 때마다 허주는 언제나 이성민의 곁에 있었다. 하지만 이제부터는 아니다. 이제, 이성민은 진짜로 혼자가 되어버린다.

그것이 두렵다. 정신이 부서질 것만 같았다. 여태까지 절망하지 않았던 것은 이성민의 정신이 특별히 강인해서가 아니었다. 그 절망적인 상황에서도 반드시 혼자가 아닐 것이라는 확신이 있기 때문이었다. 절망하지 말라고. 언제나 의식 깊은 곳에서 말을 걸어주는 허주가 있기 때문이었다.

"이제부터 너는 혼자다."

허주가 말했다.

이성민은 억지로 웃었다.

"네 곁에 누군가가 있을지도 모르지만, 결국 너 자신은 혼자가 된다. 이 어르신처럼…… 네 머릿속에서, 너에게 욕을 하고, 농담하고, 말을 들어주고, 그런 존재는 없게 된다."

"알아."

이성민은 크게 숨을 삼켰다. 그는 다시 한번 눈물을 닦았다. 모든 것을 완전히 받아들이자, 신기하게도 눈물이 더 흐르지는 않았다.

허주는 그런 이성민의 얼굴을 보고 후련하다는 표정을 지었다. 그는 반쯤 사라진 자신의 몸을 내려 보았다.

"나는 오래 살았다."

별 볼 일 없는 남쪽의 요괴로 태어났다. 삶 대부분은 싸움이었고 그런 싸움에서 허주는 언제나 살아남고 승리하고 상대를 잡아먹었다. 힘은 점점 커져갔고 어느 순간부터 허주란 이름을 가진 요괴는 남쪽의 악몽이라 불렸다.

저 강대한 뱀파이어 퀸도 감히 허주를 마주하지 못했고, 수많은 인외가 모인 프레데터는 허주의 영역을 침범하지 않았다. 당시 이 세상에 남아 있던 드래곤들조차도 허주의 숲을 날지 않았다.

"오래 살면서, 많은 일을 겪었지. 다양한 즐거움도 겪었다. 하지만…… 내가 내 몸뚱이로 살았을 때보다, 혼만 남아 너와 함께 있던 십수 년이 더 즐거웠다."

허주는 진심으로 그렇게 말했다.

"만약 내가 살아 있을 적에 너를 만났더라면, 글쎄…… 아마 지금처럼 너와 친해지지도, 너를 소중하게 생각하지도 않았을 거다. 그때 나는 좀 많이 망나니였거든. 이렇게 성격이 죽은 것은 육체가 사라지고 혼만 남아서, 네 의식에 기생하면서 너를 많이 이해해서 이렇게 된 거지."

거기까지 말하고, 허주가 큭큭 웃었다.

"예전에 이 어르신이 너를 만났더라면, 너 같은 놈 찌질하다고 한 주먹에 쳐 죽였을 것이다."

"알아."

농담 반 진심 반인 말이었다. 그 말에 이성민은 마주 웃었다. 마음이 공허했다. 지금 이 순간에도 허주의 몸은 계속해서 사라지고 있었고, 의식의 세계를 가득 채웠던 안개가 엷어져 가고 있었다.

"너와 만나서 좋았다."

허주가 말했다.

"내가 이어지게 된 것이 너 같은 머저리 병신이라서 좋았다. 네가 완벽하지 않은 놈이라 좋았다. 네가 열등감에 가득 찬 놈이라서 좋았다."

노력하는 범재가 좋다는 사마련주의 말이 떠올랐다.

"너는…… 내 친구고, 스승이고, 아버지였어."

"그런 놈이 나를 똥통에 담그겠다고 협박해?"

"그건 별개지."

"크하하하! 개같은 새끼. 이거 하나만 약속하자. 나중에, 그러니까…… 제니엘라와의 싸움이 끝난다면. 너도 똥통에 한 번 들어갔다가 나와라. 이 어르신이 어떤 기분이었는지 느껴 보라고."

"그래. 약속하지."

이성민이 고민 없이 대답할 것이라고는 생각하지 못했던 듯, 허주가 놀란 표정을 지었다. 두 눈을 끔벅거리던 그가 큰 소리로 웃었다.

"그래, 약속했다. 나중에 네가…… 이 어르신이 있는 곳에 오게 된다면, 어떤 기분이었는지 떠들어봐라. 술안주로 쓰기 좋은 이야기일 거야."

허주는 그렇게 말하며 머리를 들었다. 그는 이성민의 어깨 너머에 보이는, 멀리 이어진 외길을 보았다. 그는 그것을 직시하며 이성민을 향해 말했다.

"절망하지 마라."

허주가 한 걸음 걸었다.

"부서지지도 말고."

걸음은 멈추지 않았다.

"죽지도 마라. 너는, 이 어르신과 약속한 것이다. 언젠가 반드시 내가 있는 세계에 오겠다고."

허주는 이성민의 곁을 지나쳤다. 북받쳐 오르는 감정에 이성민은 가슴을 손으로 꾹 눌렀다.

의식의 세계를 가득 채우고 있던 안개가 한 곳으로 모인다. 안개가 허주의 몸을 감쌌다. 그는 어디인지 모를 곳을 향해 걸어가고 있었다. 허주의 등 뒤에 선 이성민은, 그가 향하고 있는 희미한 외길을 보았다.

"너와 만난 것이 좋았다."

이성민은 떨리는 목소리로 허주의 등을 향해 중얼거렸다. 그 말에 허주가 어깨를 들썩거리며 웃었다.

"내…… 친구고, 스승이고, 아버지였던 너와 만나서."

이성민은 자신도 모르게 허주의 등을 향해 걸으려고 했다. 그 순간에, 허주가 머리를 가로저었다.

"오지 마라."

이성민의 발이 멈추었다.

"너는 아직 이곳에 와서는 안 돼. 해야 할 일이…… 많잖냐. 행복했던 적이 없다며. 지금은 개같은 세상에서 개고생을 하고 있지만, 언젠가…… 그 모든 것이 끝난다면. 충분히 즐기고 와도 늦지 않을 게다."

"내가…… 갈 수 있을까?"

그런 날이 올까. 그 질문에 허주가 커다란 웃는 소리를 냈다.

"당연히 올 수 있지. 이 어르신은 너를 믿는다."

길이 멀리 보인다. 그 길을 향해 다가가는 허주의 등이 멀리 보인다.

이성민은 손을 들어 허주를 향해 뻗었다. 많은 것들이 보이고 있었다. 이성민은 지금의 허주가 어떤 표정을 짓고 있는지 알 수 없지만, 그의 표정을 알 수 있었다. 기대감에 가득 차서 짓는 웃음. 허주는 길을 향해가고 있었고, 창왕과 사마련주는 그 길을 걷고 있었다.

이성민은 가슴이 떨리는 것을 느끼며 두 눈에 힘을 주었다. 마지막으로 눈물을 닦은 것이라 생각했는데, 또 눈물이 흐르고 있었다.

"잘 지내라."

허주가 양팔을 벌렸다. 어느새 그는 새로운 팔을 가지고 있었다. 이성민은 자신의 의식 속에서 허주의 존재가 사라지는 것을 느꼈다. 지금 이 순간, 그는 이 자그마한 의식의 세계가 아닌 보다 넓고 새로운 세상으로 향해가고 있었다

"나중에 보자."

눈물이 눈앞을 뿌옇게 만들었다. 이성민은 출렁거리는 눈물 속에서 흔들리는 허주의 모습을 보았다. 모였던 안개가 흩어진다. 그것은 더 이상 의식 세계의 풍경을 가리지 않고 완전히 소멸했다.

맨몸이 된 허주가 길을 향해 발을 내밀었다. 허주의 몸이 크게 흔들렸다. 없는 데 있는 것처럼, 있는 데 없는 것처럼.

마치 허깨비와 같이. 허주(虛主)라는 이름처럼.

"으하하하하!"

커다란 웃음소리가 의식의 세계를 뒤흔들었다. 광풍이 일었다. 안개가 사방으로 흩어졌다.

외길의 형태가 명확하게 떠올랐다. 그 길의 초입에 발을 들이밀은 허주는 더 이상 뒤를 의식하지 않았다. 그는 진심으로 믿고 있었다. 언젠가, 이성민은 반드시 이 세계로 온다. 놈은 절대로 죽지 않을 것이고, 절망하지도, 부서지지도 않을 것이다.

허주는 그것을 믿었다. 그렇기에 뒤를 보지 않는다. 의식하지도 않는다. 미련을 갖지도 않는다. 언젠가 만나게 될 놈인데 뭘 궁상맞게 생각하나.

"하하하하!"

수백 년 만에 그의 혼은 자유를 얻었다. 육체가 오래전에 소멸하였어도 이 세계에선 그런 것이 의미가 없었다. 이 괴물들이 도달하는 만신전은 삶과 죽음이 무의미한 곳이었다. 허주는 전율적인 해방감을 느끼며 길의 초입을 밟은 다리에 힘을 주었다.

그는 앙천광소를 터뜨리며 구불구불한 외길을 달리기 시작했다. 느릿하게 걷는 놈보다, 기어가는 놈보다, 쉬어가는 놈보다, 그 누구보다 빠르게.

허주의 감정이 멀어진다. 허주의 웃음소리가 멀어진다. 후회 없는, 그런 웃음이었다.

조금의 원망도 들지 않았다. 매달리는 것은 추하고 이기적이었다. 어쩔 수 없다는 것도 알았다. 허주가 안타까워하면서도 이런 날을 바라고 있었다는 것도 이해했다.

이성민은 텅 빈 세계를 둘러보았다. 안개가 사라진 세계는 혼돈으로 가득 차 있었다. 온갖 종류의 기억들이 뒤섞였고 이성민은 공허함을 느꼈다. 그는 멀리 보였던, 이제는 보이지 않는 허주의 모습을 쫓았다.

"……그래."

허주는 소멸하지 않았다. 허주가 갔고, 사마련주와 창왕이 갔던 세계를 이성민은 틀림없이 보았다. 어쩌면 언젠가, 이성민도 저 세계에 갈 수 있을 것이다. 그렇기에 허주가 사라진 것에 안타까움을 느껴서는 안 된다. 그는 스스로 바라여 저 세계로 간 것이며, 죽은 것도 소멸한 것도 아니었기에. 그가 마지막에 터뜨렸던 웃음은 해방감과 즐거움으로 가득 차 있었기에. 나는 괜찮다고. 그렇게 말하고 있던 것만 같았기에.

'그러니, 나도 괜찮아. 괜찮도록 해야 해.'

이성민은 천천히 몸을 돌렸다.

허주와의 약속을 지키기 위해서.

4장
절망(2)

　이성민은 자신의 세계를 응시했다.

　처음으로 인식했을 때에는 엉망진창으로 뒤섞여 있는 혼돈
이라고 생각했다. 사마련주 마황 양일천의 기억. 허주에게 죽
은 드래곤의 기억. 혈마라 불렸던 귀혈수라 주희백의 기억. 전
생의 나와, 지금의 나. 그것이 앞뒤가 맞지 않게 뒤엉킨 기억은
혼돈 그 자체였다.

　하지만 지금은 아니었다. 허주가 이성민의 의식을 떠나고,
이 거대한 의식의 세계는 온전히 이성민의 것이 되었다. 이 세
계는 더 이상 희뿌옇지 않았다. 안개도 없었다. 이곳의 주민은
이제 이성민 혼자였다.

　그는 천천히 의식의 세계를 걷기 시작했다.

　허주는 사라졌으나 이성민은 찰나의 순간에 허주와 완전히 연결되었다. 그의 의식이 무엇을 보았는지. 그가 어떤 감정을 느꼈는지. 떠나는 것에 대한 안타까움과 미련을 떨쳐내고서, 허주가 어떤 기분으로 웃었는지.

울지 말고 웃으라고. 허주는 그렇게 말했다. 여전히, 웃는 것은 잘되지 않았다. 허주에 관련된 기억을 떠올릴 때마다 도저히 웃음이 지어지지 않았다.

그만큼 허주는 이성민에게 있어서 중요한 존재였다. 언제나 웃으며 떠들던 허주의 목소리가 더 이상 들리지 않는다는 것. 이 의식의 세계에서 허주를 만날 수 없다는 것이 이성민의 정신을 흔들었다. 하지만, 그래도. 이성민은 걷는 것을 멈추지 않았다.

허주와 약속했다. 제니엘라를 죽이고 나서 똥통에 몸을 담그겠다는 것만이 아니라. 언젠가, 모든 것이 끝나고 이 세상에 더 이상 후회가 남지 않았을 때, 허주와 사마련주, 창왕이 향한 세계에 함께 가겠다는 약속. 그것을 위해서라도 죽을 수는 없었다. 반드시 종언을 막아야만 했다.

이성민은 걸음을 멈추었다. 어느새 그는 자신의 의식 한가운데에 서 있었다. 그가 의식한 기억들이 하나둘 떠올랐다.

먼 옛날, 사파에는 흑련문이라는 문파가 있었다. 당시 흑련문의 문주는 양무기라는 이름을 가진 남자였고, 그 아들로 양일천이 태어났다. 천부적인 재능을 타고 난 그는 어린 나이에 아버지의 성취를 뛰어넘었고 초월지경에 도달해, 흑뢰번천이라는 무공과 함께 사마련이라는 단체를 설립했다. 그의 경이적인 무공에, 모두가 그를 마황이라 불렀다.

먼 옛날, 오만한 드래곤이 하나 있었다. 모든 드래곤이 그러했듯 그는 탄생한 순간부터 모든 종족보다 우월했고, 마법의 조종이라는 종족의 특성에 걸맞게 오만했다. 대부분의 드래곤과 마찬가지로 폴리모프하여 인간 세상을 떠돌며 즐길 수 있는 것을 즐기고 살았다.

먼 옛날, 귀혈수라 주희백이라는 인물이 있었다. 갑작스레 이 알 수 없는 세상으로 소환된 그는 이전의 세상에서 그러했듯 무리를 이루지 않고 낭인으로서 떠돌며, 무공 수행과 강적과의 싸움 따위를 즐거움으로 삼았다. 그러던 중에 우연한, 아니, 설계되었던 만남으로 두 뱀파이어 자매와 만나게 되었다.

그리 멀지 않은 옛날. 학원에 가기 싫어하는, 세상 어디에나 있을 14살의 꼬마가 있었다.

이성민은 감고 있던 눈을 떴다. 그 모든 기억을 인지하는 것에는 오랜 시간이 걸렸다.

정작 현실의 시간은 그렇게 많이 흐르지는 않았을 것이다. 정신세계에서의 시간이 흐르는 것이 바깥과는 다르다는 것은 잘 알고 있다.

이성민은 천천히 시선을 내려 자신의 몸을 내려 보았다. 세계를 가득 채웠던 기억들이 흩어졌다.

'나는 누구일까.'

마황의 기억을 가진 나는 마황인가. 드래곤의 기억을 가진 나는 드래곤인가. 귀혈수라의 기억을 가진 나는 귀혈수라인가.

의미 없는 질문이었다. 내가 누구인지는 이미 잘 알고 있었다. '나는, 반드시 나여야만 했다. 마황도, 드래곤도, 귀혈수라도 아닌. 그렇다면 나는 귀창인가?

"……아니."

이성민은 천천히 눈을 감았다. 그는 양손을 들어 자신의 얼굴을 감쌌다.

눈물이 말라붙은 얼굴이 끈적거렸다. 귀창으로는 안 된다. 지금까지의 이성민은 쭉 귀창이었다. 검귀를 죽였을 때부터, 제니엘라에게 머리가 날아간 지금까지.

"부족해."

귀창은 약하다. 귀창으로는 부족했다.

두근!

그 소리는 모두가 들을 수 있을 정도로 커다란 고동 소리였다. 킥킥거리며 웃던 제니엘라의 웃음소리가 뚝 멈추었다.

그녀는 흑룡협의 배에 박혀 있던 손을 뽑아냈다. 그 근처에는 스칼렛이 피투성이가 되어 쓰러져 있었고, 멀지 않은 곳에는 로이드가 머리를 푹 숙이고 주저앉아 있었다.

"아, 아아……."

오슬라는 날개가 모조리 찢겨 쓰러져 있었다. 백소고는 창백한 얼굴을 들었다.

그녀는 피범벅이 되어 잘 보이지 않는 눈으로 소리가 난 방향을 보았다. 가호를 소모함으로서 완전히 탈진한 루비아도 힘없이 머리를 들었다.

두근.

다시 한번 그런 소리가 났다. 제니엘라는 자신이 만들어낸 참상을 보지 않았다. 그녀는 손을 가득 적신 핏물을 털어내면서, 두근, 두근, 하는 심장 소리가 들리는 곳을 보았다.

머리가 날아갔던 이성민의 가슴에서 심장이 큰 소리를 내며 뛰고 있었다. 몸 전체가 들썩거릴 정도로 심장 박동이 강했다. 사라졌던 머리는 어느새 완전히 재생되었다.

제니엘라의 입꼬리가 씰룩거리며 올라갔다. 그래, 드디어.

"진짜 죽었나 걱정했었는데."

재생 속도가 너무 느렸다. 너무 오래 걸려서, 정신은 완전히 죽어버리고 몸뚱이만 살아남은 것이 아닐까 생각했을 정도였다.

하지만 아니었다. 그것이 제니엘라를 들뜨게 했다. 제니엘라가 바라는 것은 몰살이 아닌 이성민의 완전한 절망이었다.

이성민이 눈을 떴을 때, 깜짝 놀라게 하기 위해서…… 제니엘라는 많은 것을 준비했다.

백소고의 오른팔을 잘랐다. 스칼렛의 왼쪽 눈을 뽑았다. 흑룡협의 왼팔을 잘랐다. 로이드의 오른쪽 다리를 잘랐다. 일부러 하나씩만 자르고 뽑았다. 나머지는 이성민이 눈을 떴을 때, 발악하고 비명을 지르는 이성민을 제압해 앉혀두고 그의 앞에서 진행할 생각이었다.

울며 절망하는 모습을 보고 싶었다. 제발 그만두라고 애걸복걸하게 만들고 싶었다. 용서해 달라고, 살려달라고, 하지 말라고. 제니엘라는 천천히 이성민을 향해 다가갔다.

몇 번이고 물어봤었다. 당신은 절망했나요? 라고. 그때마다 이성민은 제니엘라가 정말로 듣고 싶었던 대답은 해주지 않았다.

하지만 이제는 들을 수 있을 것이다. 제니엘라는 걸음을 멈추었다. 몸을 들썩거릴 정도로 컸던 심장 박동이 잦아든다.

감겼던 눈이 떠졌다.

긴 꿈을 꾼 기분이었다. 허주의 목소리는 들리지 않았다. 당연했다. 그는 더 이상 이성민의 곁에 없었다. 이성민은 천천히 몸을 일으켰다.

몸이 내 몸인 것 같지가 않았다. 아이네의 심장을 삼켰을 때 느꼈던 것과 같은, 아니, 그것보다 심한 위화감이 느껴졌다.

몸을 일으키는 동작 동안 이성민은 자신의 몸을 의식했다.

그리고 무덤덤하게 깨달았다. 완전한 환골탈태를 이루었다는 것을.

단전은 더 이상 존재하지 않았다. 그 안에 있던 어마어마한 양의 내공과 요력은 모조리 이성민의 몸 안에 남아 있었다. 단전이라는 틀에 갇혀 고여 있는 것이 아니라, 이성민의 몸 전체가 단전이 되어 있었다.

"어때요?"

제니엘라가 들뜬 목소리로 물었다.

이성민은 멍한 눈으로 제니엘라를 보았다. 그 표정에 제니엘라는 자그마한 위화감을 느꼈다. 뇌가 아직 제대로 재생되지 않았나? 그런 의문이 들었지만, 제니엘라는 주저하지 않고 떠들었다.

"봐요. 당신이 쓰러져 있는 동안 무슨 일들이 벌어졌는지."

제니엘라는 자신이 한 일들에 대해 세세히 알려주지는 않았다. 그러는 것보다는 이성민이 두 눈으로 직접 보는 것이 더 즐거울 것이라고 생각했다.

이성민은 천천히 주변을 둘러보았다. 많은 것들이 보였다. 날개가 뜯긴 오슬라, 힘없이 쓰러진 루비아, 피투성이의 백소고, 피투성이의 스칼렛, 피투성이의 흑룡협, 피, 피, 피.

이성민은 천천히 눈을 감았다. 죽은 이들은 없다. 다행히, 다들 살아 있었다.

그것에 조금이나마 안도할 수 있었다. 엘릭서는 만능이 아니다. 저런 상처는 엘릭서로도 재생할 수가 없다. 팔이 잘렸다면 평생을 외팔이로 살아야 한다. 눈이 뽑혔다면 평생을 외눈으로 살아야 한다. 그래도, 죽지는 않았다. 다들 살아 있다.

이성민은 크게 숨을 삼켰다. 최악의 결과는 없었다. 돌이킬 수 없을 정도로 늦지는 않았다. 이성민은 그것에 감사했다.

"어때요?"

제니엘라가 들뜬 목소리로 물었다. 작게 소곤거리는 목소리가 재촉하며 다가왔다.

제니엘라가 멈췄던 걸음을 움직였다. 그녀는 춤을 추듯 가벼운 걸음으로 이성민과의 거리를 좁혔다.

"어떤 기분이 들어요? 당신이 쓰러져 있는 동안, 이렇게 되어버렸어요. 당신은……."

"절망."

이성민의 입이 열렸다.

그는 제니엘라의 말을 끝까지 듣지 않았다. 그녀가 어떤 것을 물을지 이미 알고 있었다.

이성민이 쓰러져 있는 동안, 제니엘라는 모두를 죽일 수 있었다. 저들이 아무리 힘을 합쳐봤자 만월 아래의 제니엘라를 어찌할 수 있을 만큼 강한 것은 아니었으니까.

하지만 제니엘라는 모두를 죽이지 않았다. 절대로 사라지지 않을 상처를 입히기는 했어도, 죽이지는 않았다.

왜 그런 일을 한 것인지는, 고민하지 않아도 알 수 있었다. 제니엘라가 바라는 것은 이성민의 절망이다.

"……하지 않았어."

죽지 않았다. 지금은, 그것으로 충분했다. 이성민의 대답에 제니엘라가 키득거리며 웃었다.

"아직도?"

제니엘라는 작은 목소리로 중얼거리면서 어깨를 들썩거렸다.

"아, 좋아요. 아주…… 좋아요. 이렇게까지 했는데 절망하지 않은 거예요? 괜찮아요, 괜찮아. 아직 밤은 길거든. 설령 저 달이 저문다고 해도 상관없어. 새로운 보름달을 만들면 되는 거야. 오히려 그편이 당신을 절망시키기 쉬울까? 그래요, 좋아. 아직도 절망하지 않았다 이거지. 그럼 당신은, 지금 어떤 기분을 느끼고 있나요?"

"분노."

이성민은 작은 목소리로 대답했다. 그는 아무것도 쥐지 않은 자신의 손을 내려 보았다.

"증오."

'뭔가 이상해.'

제니엘라는 이성민이 중얼거리는 말을 들으면서 그런 생각을 했다. 정말로 뇌가 제대로 재생하지 못한 것일까. 바보도 아니고, 이렇게까지 해주었으면 깨달아야 하지 않나. 아니면 자극이 너무 심해서, 저런 식으로 정신이 붕괴되어 버린 것일까.

"……당신, 뭔가 좀 이상한데."

제니엘라의 얼굴에서 웃음이 사라졌다. 만약 이미 정신이 붕괴된 것이라면, 제니엘라가 해온 모든 것들이 의미가 사라진다.

제니엘라가 바라는 것은 이성민이 절망과 공포에 주저앉아 엉엉 울고 비명을 지르는 것이었고, 만약 완전히 망가지게 된다면 그 이전에 즐길 수 있는 것은 충분히 즐겨야만 했다.

아직 제니엘라는 모든 것을 즐기지 못했다. 한계까지 몰아붙이고, 한계까지 참아서, 가장 배가 고프고 가장 목이 마를 때. 가장 큰 희열을 느끼고 싶었다.

제니엘라의 눈빛이 바뀌었다. 모든 것을 꿰뚫어 보는 직시의 마안이 발동되었다. 이성민을 응시하는 제니엘라의 어깨가 흠칫 떨렸다.

'허주가 없어……?'

아까 전까지만 해도 허주는 이성민의 안에 있었다. 존재를 유지하는 것의 한계를 넘어, 언제 사라져도 이상하지 않았지만…… 설마 이렇게 갑자기 없어질 줄이야. 아니, 그것이 전부가 아니었다. 뭔가…… 좀 더…….

퍼억!

제니엘라의 안구가 터졌다. 그녀의 눈구멍에서 시커먼 피가 쏟아졌다. 제니엘라는 비틀거리며 뒤로 물러서면서 양손으로 눈자위를 덮었다.

직시의 마안으로 존재를 꿰뚫어 보지 못했다. 보여야 하는 것이…… 보이지 않았다. 여태까지 이성민을 보지 못했던 적은 있었으나, 이렇게 강한 반발력은 처음이었다.

"……무슨 일이 있었죠?"

"많은 일이."

제니엘라에게 설명할 필요는 없었다. 이성민은 천천히 제니엘라를 향해 한 걸음 나아갔다.

그는 제니엘라만 보고 있지는 않았다. 저 뒤편에 엎드려서, 아직도 흐느끼고 있는 프레스칸을 보았다. 그 곁에서 딱딱하게 굳어 있는 제미니도 보았다.

"……귀창."

"아냐."

제니엘라가 중얼거린 말을, 이성민은 머리를 가로질러 부정했다.

"나는 학살포식이야."

이성민의 몸이 사라졌다.

보지 못했던 것은 아니다. 박살 난 안구는 이미 재생했다. 제니엘라는 이성민이 어디로 움직이는지를 보았다.

'학살포식이라고?'

움직임이 멈춘 것은, 이성민이 중얼거린 말 때문이었다.

그 말 자체는 대수로운 것이 아니다. 이성민이 학살포식으로 각성했다는 것은 이미 알고 있었다. 인제 와서 담담히 그 사실을 인정하는 것은 놀랄 이유가 되지 않는다.

허주가 사라졌다. 그것은 놀라기에 충분한 이유였지만, 아니, 그게 아니야. 진짜 놀란 이유는…….

제니엘라의 몸이 뒤로 쏘아졌다. 다물었던 입술이 벌어지며 피가 뿜어졌다. 제니엘라의 몸을 걷어찬 이성민은 멈추지 않고 앞으로 날았다.

순식간에 제미니와 프레스칸의 위치까지 도착한 그는, 둘의 멱살을 틀어쥐고 날아가는 제니엘라를 쫓았다. 타격으로 뒤로 날아가는 제니엘라와 제미니, 프레스칸의 멱살을 쥐고 그녀를 추격하는 이성민. 둘은 순식간에 호숫가를 벗어났다.

충분히 거리가 되었을 때, 이성민은 잡고 있던 제미니와 프레스칸의 몸을 바닥에 내리찍으며 정지했다. 지면이 들썩거리며 제미니와 프레스칸의 몸이 바닥에 처박혔다.

그보다 조금 앞선 곳에 제니엘라가 정지했다. 그녀는 입술을 적신 피를 혀로 핥으며 이성민을 바라보았다.

"뭘 하려고?"

제니엘라가 이죽거리며 한 질문에 대답해 주지는 않았다.

이성민은 조용히 손을 들어 올렸다. 요정의 숲의 마력이 요동치기 시작했다. 대기에 녹아든 마나가 이성민의 손바닥으로 모였다.

제니엘라의 눈썹이 꿈틀거렸다. 그녀는 이성민이 무엇을 하려는지 간파했다. 행동보다 당황이 앞섰다.

제니엘라는 우두커니 서서 이성민이 마력을 주무르는 것을 보았다. 술식도, 영창도 필요 없었다. 숲을 가득 채운 마력이 이성민이 바라는 대로 움직였다.

이성민의 입술이 살짝 열렸다. 그가 중얼거린 말은, 인간은 물론이고 대부분의 존재들이 절대로 이해할 수 없는 언어였다. 제니엘라도 이성민이 중얼거린 말이 무슨 뜻인지는 알지 못했다. 하지만, 그것이 무엇인지는 알았다.

"용언……?"

믿을 수 없는 일이었다. 불가능한 일이다. 드래곤은 이미 수백 년 전에 이 차원을 떠났다. 아니, 드래곤이 떠나지 않고 이 차원에 남아 있다고 해도 마찬가지다. 인간이, 지금의 이성민을 인간이라고 해야 할지는 모르겠지만, 드래곤이 아닌 존재가 어떻게 용언을 사용한단 말인가?

이성민이 내뱉은 용언은 진짜였다. 마력이 용언을 따라 움직였다. 모인 마력이 넓게 확장되며 이성민의 등 뒤에 벽을 만들었다. 그것은 호숫가 전체를 틈 없이 감싼 강력한 결계가 되었다.

용언을 쓰는 것은 처음이다. 그런데도 아무렇지 않게, 자연스럽게 되었다. 당연한 일이었다. 지금의 이성민에게 있어서 용언은 '원래' 알고 있고, 쓸 수 있던 것이다.

다만 그것이 조금 어색했다. 머릿속에서 아무 목소리가 들리지 않는다는 것이, 더욱 그런 기분을 만들었다. 이죽거리는 칭찬 소리가 없다. 벌써 그 목소리가 그리워졌다.

이성민은 자신이 만든 결계를 등 뒤에 두고서 천천히 앞으로 걸었다. 바닥에 처박힌 프레스칸은 그 상태로 죽은 것처럼 얌전히 있었고, 제미니가 욕설을 내뱉으며 몸을 일으켰다.

"갑자기 뭔……."

듣지 않았다. 이성민은 발을 움직여 제미니의 몸을 걷어찼다.

뻐엉!

제미니의 몸은 날아가지 않고 그 자리에서 풍선처럼 터졌다. 사방으로 피와 살점이 튀었다.

솔직히 제미니에게 별 악의는 없었다. 여태까지 제미니의 덕을 몇 번 보기도 했고. 제니엘라와의 싸움에서도 제미니는 개입하지 않고 먼 곳에 서서 방관하기만 할 뿐, 싸움에 개입하지는 않았다.

그렇다고는 해도 이곳에서 제미니는 이성민의 적이었다. 이성민은 땅바닥에 처박혀 있는 프레스칸을 무시하고서 제니엘라를 향해 발을 뻗었다. 소리 없이 전류가 흘렀다.

제니엘라는 반걸음 뒤로 물러섰다. 자세한 이야기를 듣고 싶었다. 뭔가가 변했고, 그 변해 버린 뭔가는 제니엘라와 이성민 사이에 있던 아득한 간극을 좁혔다.

제니엘라는 해야 할 행동을 했다. 마력이 결계가 되어 그녀와 이성민 사이에 벽을 만들었다. 거기서 제니엘라는 다시 반걸음 뒤로 물러섰다. 아래로 내렸던 양손을 끌어 올리며 방어와 공격을 준비했다.

이성민의 일격이 결계를 박살 냈다. 제니엘라의 방어는 무의미했다. 찰나의 순간에 제니엘라는 그것을 직감하고 공격을 펼쳤다. 박살 난 결계의 마력이 한 점으로 모였고, 이성민을 밀어내려 했다.

늦었다. 한 점으로 모인 마력이 터지는 것보다 이성민이 창을 찌르는 것이 더 빨랐다. 그의 창은 더 이상 구천무극창의 구결을 따르지 않았다.

지겹도록, 틈이 날 때마다, 아무것도 모르는 시절부터, 위지호연에게서 제대로 처음 배웠던. 구천무극창을 본격적으로 수행하기 전에 숙달이 되도록 익혔던 란, 나, 찰. 그중 가장 기본적인 찌르기가 펼쳐졌다.

마력이 터지기 전에 파고든 창은 제니엘라의 통제하에 있던 마력을 흩뜨렸다. 제니엘라가 방어하기도 전에 그녀의 가슴이 꿰뚫렸다.

그리고 터졌다. 제니엘라의 얼굴에 당황이 어렸다. 그녀는 비틀거리며 물러서서 가슴에 난 구멍을 내려다보았다. 상처는 순식간에 재생되었지만, 이 상처는 여태까지와는 다르게 그녀가 의도하지 않은 것이었다. 뻔히 보이던 공격, 그렇게 빠르지도 않았는데. 충분히 막을 수 있다고 여겼거늘 막지 못했다.

'뭐야?'

직시의 마안으로 이성민을 꿰뚫어 볼 수가 없다. 허주의 존재감이 느껴지지 않는다. 눈앞에 있는 것은 이성민뿐. 그런데, 저게 정말로 그 이성민인가? 그는 귀창이라는 별호를 부정했다. 귀창은 약하고, 제니엘라를 쓰러뜨릴 수 없다.

두통은 없었다. 정신은 맑았다. 대신에 가슴이 욱신거렸다. 절망보다는 상실감이 컸다. 절망할 필요는 없었다. 이성민의 손에서 창이 흩어져 사라졌다.

그는 주먹을 쥐었다. 용언은 생각했던 것처럼 사용되었다. 그렇다면 다른 것은 어떨까. 지금의 이성민은 쓸 수 있는 것이 아주 많았다. 너무 많아서, 뭘 먼저 사용해야 할지 고민될 정도였다.

"이게 뭔지 알아?"

이성민은 작은 목소리로 질문했다. 들끓던 감정은 고요히 가라앉았지만 사라지지는 않았다.

그녀에 대한 증오와 살의는 잔잔한 수면 아래에서 요동치고 있었다. 이성민은 그것을 가만히 내버려 두었다. 굳이 참지도, 서두르지도 않았다. 그럴 필요가 없었다.

주먹을 쓰는 법은 잘 알고 있었다. 한 번도 써본 적이 없지만, 그럼에도 익숙했다.

사마련주는 무기를 사용하지 않았다. 마찬가지로 혈마도 무기를 사용하지 않았다. 자연스레 용언을 사용한 것처럼, 지금의 이성민은 그들이 써온 모든 것들을 자연스레 사용할 수 있었다.

칠백 년 전에 천하제일인으로 거론되던 귀혈수라 주희백. 그의 독문무공은 수라천살공. 수라천살공의 극의는 화려함이 없는, 단순할 정도로 우직한 압도적인 '힘'이다.

고금제일인인 마황 양일천. 그의 독문무공은 흑뢰번천. 흑뢰번천은 극쾌를 추구한다.

그 두 가지 무공이 이성민의 몸으로 펼쳐졌다. 어렵지는 않았다. 두 무공의 방향성이 다르다고 해도 이성민에게는 모두가 익숙한 무공이었다.

흑뢰번천에 수라천살공의 힘을 더한다. 수라천살공에 흑뢰번천의 속도를 더한다. 질풍신뢰가 이성민의 몸을 움직였고, 상처를 재생한 제니엘라가 몸을 꺾으며 손톱을 휘두른다.

이성민의 주먹이 공간을 꿰뚫었다. 제니엘라의 마력과 팔이 소멸했다. 제니엘라의 두 눈이 크게 떠졌다.

일권을 시작으로 반보 전진, 이성민은 머릿속에서 이어지는 동작을 물 흐르듯 이어갔다. 몸을 뒤덮고 있던 자색 호신강기가 덩치를 키워 아수라의 형상이 되었다. 수라천살공의 최종 오의였던 아수라파천무가 흑뢰번천과 결합되었다.

빠지지직!

아수라가 자색 전류에 휘감겼다.

의식이 뚝뚝 끊어졌다. 제니엘라는 제대로 방어도 하지 못하고 계속해서 뒤로 밀려났다. 어떻게 방어를 해보려고 해도 의미가 없었다. 이성민의 공격과 강기는 제니엘라가 알고 있는 타격의 개념을 완전히 초월했다. 뻗은 주먹의 궤적은 뻔했고 기교는 없었으나 압도적인 힘과 속도가 제니엘라가 반응할 여지를 빼앗았다.

'아수라파천무……!'

모를 리가 없다. 제니엘라는 혈마의 모든 무공을 안다. 그런데, 이게 정말 그 아수라파천무인가?

제니엘라는 빠득 이를 갈았다. 꿈틀거리던 짜증이 폭발했다. 그녀의 두 눈이 새빨간 광채를 발했다.

"아아아!"

통제에서 풀려난 마력이 폭발했다. 그것은 공간을 갈기갈기 찢으며 숲의 나무를 모조리 소멸시켰다. 거대한 마력의 폭풍이 사방으로 튀었다. 이성민은 움직이는 것을 멈추고 활짝 핀 오른손을 앞으로 펼쳤다.

그는 다시 용언을 외웠다. 호신강기가 그의 몸을 보호했고, 용언으로 만들어진 방어벽이 이성민의 앞으로 가로막았다.

쿠우우웅!

제니엘라의 마력이 벽 앞에 가로막혔다. 마력의 폭풍 속에서 제니엘라는 양손으로 머리를 잡았다.

더 이상 그녀는 즐거움을 느끼지 않았다. 그녀의 즐거움은 상황을 주도하고 의도대로 흐르게 하는 것에서 만들어진다. 지금은 아니었다. 이성민은 제니엘라가 간파할 수 없는 존재가 되었다.

숲 전체를 집어삼킬 기세로 확장되던 마력의 폭풍은 이성민이 만들어낸 벽도, 결계도 뚫지 못했다. 제니엘라는 그것이 마음에 들지 않았다. 제니엘라의 눈이 더욱 붉어졌다. 마력은 더욱 강해졌고 벽이 박살 났다.

그 너머에서 이성민은 맨몸으로 도약했다. 이성민의 몸짓은 수라천살공의 투로를 따르고 있었다. 단순한 수라천살공이라면 제니엘라가 대응하지 못할 이유가 없다. 문제는 흑뢰번천이었다.

빠지지직!

이성민의 몸짓에 전류가 실렸다. 순식간에 들어온 타격에 제니엘라의 몸이 쭉 뒤로 밀려났다. 꽉 다문 입술 사이에서 피가 주륵 흘렀다. 제니엘라가 터뜨린 마력과 이성민의 주먹이 충돌했다.

타격 직전에 권은 장이 되었고, 그곳에서 터진 장법은 수라천살공이 아니었다.

'뭐야 이건……?'

날카롭게 찢으며 들어오는 강기에 제니엘라의 표정이 바뀌었다.

혈환신마공의 혈아육탐. 광천마의 무공은 사마련주가 인정했을 만큼 완성도가 높다. 혈아육탐이 제니엘라의 마력을 찢고 그녀의 가슴에 일장을 먹였다.

쿠우우웅!

묵직한 소리와 함께 제니엘라의 몸이 붕 떴다. 이성민의 양팔이 잔영을 그리며 움직였다.

순식간에 혈환신마공의 모든 초식이 연계되었다. 혈환파쇄, 혈류추살, 혈아육탐, 혈잔겁화, 혈영백섬, 그리고 마지막으로 혈환광풍.

이성민에게 광천마의 기억은 없었다. 하지만 드높은 무리를 가지고 있던 사마련주와 혈마의 기억이 혈환신마공을 완전하게 펼치게 만들었다.

연계된 모든 초식을 얻어맞은 제니엘라가 핏물이 되어 사방에 흩뿌려졌다. 육편 하나 남지 않았지만, 여전히 그녀는 죽지 않았다.

"그래, 이래야 재미있죠."

제니엘라가 짜증 섞인 목소리로 내뱉었다. 당황은 짧았다. 잠깐의 해프닝일 뿐이다. 지렁이도 밟으면 꿈틀한다던데, 그것과 똑같다.

변하는 것은 없다. 제니엘라는 그것을 확신했다.

아무래도 제대로 알게 해주어야 할 것 같았다. 아무리 발악해 봐야 변하는 것은 없다는 것을.

마력의 폭풍이 사라졌다. 제니엘라의 상체가 천천히 낮아졌다. 보다 확실하게, 알기 쉬운 절망을 주기 위해. 제니엘라는 우선 이성민의 몸을 갈기갈기 찢어버리기로 마음먹었다.

제니엘라가 땅을 박찼다. 마력에 휘감긴 제니엘라의 손톱이 용언으로 이루어진 벽과 충돌했다.

벽은 버티지 못하고 박살 났다. 그 뒤편에서 이성민은 무형창을 쥐고 있었다. 빠르게 찌른 창은 제니엘라의 몸에 닿지 않았다. 그녀는 한 줄기 바람이 되어 창을 스쳐 지나갔고 이성민의 품 안으로 파고들었다.

활짝 핀 제니엘라의 손이 이성민의 가슴을 때렸다.

쿠우웅!

묵직한 소리와 함께 이성민의 몸이 뒤로 밀려났다. 꽉 다문 입술 사이로 핏물이 흘렀다. 이성민은 부릅뜬 눈으로 제니엘라의 움직임을 쫓았다.

제니엘라의 속도는 더욱 빨라졌다. 무한한 마력은 그만한 속도를 주었고 그녀의 육체는 마력과 함께 움직였다.

무형창과 손톱이 부딪쳤다. 무형창의 끄트머리가 짓이겨져 사라졌다.

이성민은 뒷걸음질치며 제니엘라와의 거리를 벌렸다. 양손으로 잡은 창을 아래로 내리며 제니엘라의 목을 노렸다.

눈이 익숙해졌다. 아까는 제대로 대응하지 못했는데, 지금은 아니었다. 당연한 일이었다. 제니엘라는 '진심'으로 하고 있었다.

'어떤 표정일까?'

이번에야말로 이길 수 있다고 여겼겠지. 그래, 용언을 쓰는 것은 제니엘라를 놀라게 하기에 충분했다. 허주가 소멸하면서 뭔가 변화를 얻었겠지? 하지만, 그 정도로는 부족하다. 아까보다 강해져서 간극이 좁혀진 것은 인정하는데, 변하는 것은 없다.

'오히려 이렇게 되어서 즐겁지. 이번에야말로 당신은 절망할 테니까.'

아까와 같은 비명을 다시 듣고 싶다. 절망으로 일그러지는 표정을 보고 싶다. 그것을 바라게 되면서 짜증은 눈 녹듯이 사라졌다.

'자, 더 발악해 봐.'

제니엘라는 이성민이 움직이는 것을 웃으며 보았다. 굳어 있던 표정에 웃음이 번진다. 입꼬리가 올라가고, 두 눈이 반달처럼 휘어지고.

왼쪽 가슴을 찌르는 창. 심장을 노린다. 의미가 없다는 것을 알 텐데, 불사자를 상대로 이런 공격은 무의미하다. 아무래도 학습이 부족한 것 같았다. 언제쯤 되어야 알게 될까? 뭐, 계속해서 몰라도 상관없다. 모르면 모르는 대로 알려주면 될⋯⋯.

뚝.

생각이 끊겼다. 두 눈이 한 번 빨간색으로 번쩍거렸고, 이윽고 새카맣게 암전되었다.

몸뚱이는 움직인다. 몇 걸음 뒤로 물러서고, 다시 시야가 회복되었다. 방금, 머리가 터졌다. 왜? 이유를 파악하기도 전이었다.

키이잉.

공간 자체에 위화감이 스며든다. 전신 감각이 붕 떠올랐다. 개미가 올라탄 것처럼, 손끝에서부터 간질거리는 느낌이 들었다.

이윽고 간질거림은 통증이 되었다. 손끝에서부터 으스러지고, 뭉개져서⋯⋯. 제니엘라의 몸이 펑 터졌다.

이성민은 뻗은 손을 아래로 내리면서 미간을 찡그렸다. 뭔가 깜빡한 것 같은데, 그게 뭐였더라⋯⋯. 그 와중에 터진 제니엘라의 몸뚱이가 재생되었다.

여전히 제니엘라는 위화감을 느끼고 있었다. 그녀는 방금 전에 자신에게 어떤 일이 일어난 것인지 제대로 이해하지 못했다.

"아."

그런 중얼거림이.

"머리가 터지면 생각하지 못하지."

제니엘라의 기분을 환기시켰다.

쩌억!

그것은 따귀라고 하기에는 너무 강했다. 제니엘라의 머리가 몇 바퀴 회전했다. 목뼈가 유리 막대처럼 으스러졌고 목이 꽈배기처럼 배배 꼬였다. 시야가 팽팽 회전했고 제니엘라는 힘을 잃고서 그 자리에 주저앉았다.

"웃었지?"

이성민은 피에 젖은 머리를 손으로 쓸어 올리며 제니엘라를 내려 보았다.

"방금, 웃었잖아."

제니엘라가 이죽거렸던 것처럼.

제니엘라는 어안이 벙벙한 얼굴로 이성민을 올려 보았다.

뚜둑, 뚜두둑.

꽈배기처럼 돌아갔던 목뼈가 역방향으로 회전했다. 시야가 빙글빙글 돌았고, 제니엘라의 머리도 함께 돌았다. 따귀를 맞았다.

'그래, 따귀를. 내가?'

들뜬 기분이 차갑게 식는다. 희열이 짜증이 되고 쾌락이 분노가 되었다. 이런 일은 의도에 없었다.

적당히 이성민과 싸워주며 그의 기분을 들뜨게 하고, 쥐기 직전까지 주었던 희망을 빼앗아 보다 큰 절망을 주려는 것이 애초의 의도였다. 이렇게까지 과하게 희망을 주는 것은 의도하지 않았다. 제니엘라의 얼굴이 일그러졌다. 이래서는 안 된다.

이성민은 무덤덤한 얼굴로 제니엘라의 기세가 변하는 것을 보았다. 굳이 물을 필요 없이, 이성민은 제니엘라가 어떤 생각을 하고 있는지 알았다.

그녀는 아직 지금이 어떤 상황인지 모르고 있었다. 압도적인 강자의 위치에 선 것이 당연하고 익숙해서, 역전되어 버린 관계를 이해하지 못하고 있었다.

그것이 좋았다. 제니엘라가 이성민의 절망을 바란 것처럼 이성민도 제니엘라의 절망을 바라고 있었다. 저 오만한 뱀파이어 퀸이, 도저히 어쩔 수 없는 상황에 낙담하여 절망하는 것을 보고 싶다. 그 정도는 즐겨도 괜찮을 것 같았다.

"너만."

이성민의 손이 들렸다. 일어서던 제니엘라를 향해 이성민은 용언을 외웠다. 용언과 괴력난신이 동시에 펼쳐졌다.

쿠우우웅!

어마어마한 압력이 제니엘라의 어깨를 짓눌렀다. 버티지 못한 뼈가 통째로 으스러지고 내장이 압축되었다.

"없었으면."

제니엘라의 몸이 바닥에 처박혔다. 그녀는 숨을 삼키며 몸을 뒤틀었다. 솟구친 마력이 그녀의 몸을 보호하고 압력을 역으로 밀어내려 했다.

힘과 힘이 충돌하면서 공간이 뒤틀렸다.

'왜 이러지?'

제니엘라는 숨을 삼켰다. 밤은 길었고, 오늘은 보름달이었고, 그녀는 700년을 살아온 뱀파이어 퀸이었다. 불과 몇십 분전만 하여도 제니엘라는 이성민을 압도하였고 장난감처럼 가지고 놀 수 있었다.

'그런데 왜, 지금은?'

"너만…… 없었으면……."

수면 아래에서 요동치던 감정이 부글부글 끓었다. 냉철하게 이성을 유지할 수가 없었다.

원망의 대상이 필요했다. 억지로 뒤집어씌울 필요도 없었다. 제니엘라 때문인 것은 사실이다. 제니엘라가 없었다면. 그녀가 종언을 바라지 않았다면. 적어도, 오늘 허주가 사라지는 일은 없었을 것이다. 창왕이 죽는 일도 없었을 것이다. 요정의 숲이 파괴되는 일도, 다른 이들이 고통을 겪는 일도 없었을 것이다.

파직!

뒤틀리던 공간이 깨졌다. 용언과 괴력난신, 제니엘라의 마력이 서로 상쇄되어 사방으로 흩어졌다.

그 순간에 제니엘라는 붉은 안개로 몸을 무너뜨려 이성민의 구속에서 벗어났다. 이성민은 제니엘라가 물러서게 두었다.

흩어진 안개가 다시 모여 제니엘라의 몸을 이루었다. 그녀는 딱딱하게 굳은 얼굴로 이성민을 노려보았다.

인정하고 싶지 않았지만, 이제는 인정할 수밖에 없었다. 용언, 수라천살공, 흑뢰번천. 이성민은 그 모든 것을 완벽하게 다루고 있었다.

"학살포식……."

제니엘라는 작은 목소리로 그것을 중얼거렸다. 이성민 스스로 자신을 그렇게 인정했듯, 제니엘라도 그것을 인정할 수밖에 없었다.

거기서 제니엘라는 작은 갈등을 겪었다.

그녀가 바라는 것은 학살포식이 출현하는 미래였다. 이성민이 학살포식이 되었다면, 제니엘라는 이성민을 죽여서는 안 된다. 그것은 그녀가 수백 년 동안 바라왔던 미래를 스스로 부정하는 행동이었다.

물론, 그녀는 이성민이 자신이 바라는 학살포식과 다르다는 것을 알았다. 지금의 이성민은 학살포식이라고 해도, 절대로 세상 모든 것을 학살하고 포식하지 않을 것이다. 그렇다면.

'죽여야지.'

마음을 정했다. 완전히 죽여 버리기로 마음을 정했다. 이성민을 짓밟아 절망시키기에는 너무 늦었다. 그런 여유를 부렸다가는 이쪽이 역으로 잡아먹힐 것이다.

그래, 제니엘라는 이성민이 이룩한 힘을 인정했다. 죽음으로 절망을 새기고 일그러지는 표정을 보는 것으로 만족하기로 했다.

마음가짐이 달라졌다. 확실하게 죽이기로 마음먹은 이상 제니엘라는 더 이상 손속에 사정을 두지 않았다. 무한한 마력은 살의를 띠고 흉포하게 움직였다.

"오만해⋯⋯."

이성민이 작은 목소리로 중얼거렸다.

제니엘라의 몸이 사라졌다. 그녀는 박살 난 공간을 뛰어넘으며 손을 휘둘렀다. 마력이 손을 뒤따르며 밤을 붉은색으로 채웠다.

이성민은 움직이지 않았다. 각성한 오성이 움직이지 않아도 된다고 판단했다. 그는 그 자리에 서서 창을 가볍게 돌렸다. 제니엘라가 휘두른 손톱이 무형창과 부딪쳤다. 뒤이어 따라온 마력이 칼날이 되어 이성민의 몸을 베러 들었다.

베어지지 않는다. 이성민의 몸을 둘러싼 호신강기는 제니엘라의 마력으로 베어내기에는 너무 견고했다.

전류가 파직 튀었다. 제니엘라의 입에서 피가 뿜어졌다. 가슴을 꿰뚫은 창을 뽑아내기 전에, 무형창이 폭발하며 제니엘라의 몸을 갈기갈기 찢었다.

그제야 이성민은 한 걸음 걸었다. 흩어진 육편 사이로 제니엘라의 머리가 보였다. 데룩 구른 눈동자가 어떤 감정을 품고 있는지. 이성민은 그를 확인하며 오른발을 높이 들었다.

콰르르릉!

이보겁살의 폭발이 제니엘라의 파편을 완전히 날려 버렸다. 저만치 먼 곳에서 제니엘라의 몸이 재구성되었다.

상황을 파악하고 태세를 정비하기 전에 이성민은 한 번 더 걸었다. 삼보필살의 폭풍이 제니엘라의 코앞에서 터졌다.

이성민의 무영탈혼은 더 이상 거리에 연연되지 않았다. 오성이 완전히 확장되고 사마련주와 혈마의 무리를 계승하면서, 무영탈혼은 본래의 한계를 아득히 넘어섰다.

"큭……!"

제니엘라의 입에서 신음이 터졌다. 그녀는 찢겨 나가는 몸뚱이를 붙잡으며 마력을 역으로 흘려냈다. 삼보필살의 폭풍 속에서 제니엘라의 마력이 발악했다. 간신히 궤적을 바꿔냈으나 이성민은 제니엘라와 멀지 않은 곳에 서 있었다.

그가 보란 듯이 발을 한 번 더 내리찍었다. 사보광란. 요력이 미쳐 날뛴다. 제니엘라의 몸이 그 속에서 추풍낙엽처럼 흔들렸다.

그녀는 이를 악물고서 마력을 터뜨렸다. 그리고 높은 하늘 위로 비상해서 숨을 몰아쉬었다. 육체가 계속해서 터지고 있다. 오늘은 만월이니, 그것을 재생하는 것에 큰 문제는 없다.

"말해봐."

등 뒤에서 목소리가 들렸다. 제니엘라는 흠칫 놀라 몸을 뒤로 꺾었다. 휘두른 손목이 이성민의 손에 잡혔다.

이성민은 제니엘라의 손목을 으스러뜨리며 그녀의 복부에 무릎을 꽂았다. 제니엘라의 몸이 기역 자로 휘어졌고 등판은 터져 척추가 역방향으로 꺾였다.

제니엘라의 입에서 피가 뿜어졌다. 이성민은 반대편 손으로 제니엘라의 머리채를 잡았다.

"어떤 기분이냐?"

제니엘라가 이성민에게 이죽거렸던 말들이, 그대로 그녀에게 되돌아왔다. 이성민은 제니엘라의 머리채를 단단히 잡고서 그녀의 두 눈을 응시했다.

제니엘라의 눈이 파르르 떨렸다. 지금 자신이 어떤 기분을 느끼고 있는지, 제니엘라는 스스로도 알 수가 없었다. 이 감정은 그녀에게 있어서 너무 낯설었다.

"……놔!"

제니엘라가 악을 썼다. 그녀는 양손을 휘두르며 이성민을 밀치려 했다.

그 순간에 이성민이 잡고 있던 제니엘라의 머리채를 돌려 버렸다. 제니엘라의 목뼈가 뚜둑거리는 소리를 내며 부러졌고, 그녀의 몸이 반바퀴 돌았다. 휘두르던 팔은 아무것도 없는 허공만 긁었다. 살의가 소리 내어 끓었다.

제니엘라는 스스로 목을 베었다. 머리를 잃은 제니엘라의 몸이 아래로 추락했다. 그리고 그녀의 몸은 거대한 붉은 핏물이 되어 허공에서 터졌다. 붉은 물결이 파도치며 하늘을 뒤덮었다. 이성민은 손에 쥔 창을 아래로 던졌다.

뻐엉!

붉은색으로 뒤덮인 하늘에 커다란 구멍이 났다. 이성민의 몸을 휘감고 있던 요력이 크게 부풀었다. 그는 천천히 아래로 떨어지며 상체를 굽혔다. 이성민의 몸이 빙글 돌았다.

질풍신뢰 멸살.

순식간에 하늘의 색이 바뀌었다. 자색 번개가 된 이성민은 붉게 물든 하늘을 번개로 가득 채웠다. 번개가 터졌고 마력이 흩어졌다. 제니엘라는 피투성이가 되어 아래로 추락했다. 제대로 통제할 수 없었던 초고속을 지금의 이성민은 완벽하게 통제하고 있었다.

이성민은 제니엘라의 머리를 잡고 아래로 떨어져, 속도를 줄이지 않고 그녀의 머리를 지면에 갈아버렸다. 머리가 '갈려' 사라진 제니엘라의 몸이 꿈틀거렸다. 이성민은 제니엘라의 몸을 발로 걷어찼다.

한참 멀리 날아간 제니엘라의 몸이 숲의 바깥까지 날아갔다. 그곳에서 이성민은 제니엘라의 가슴에 창을 내리찍었다.

꽈지직!

땅이 크게 갈라지며 박살 난 지면이 위로 솟구쳤다. 머리가 재생된 제니엘라가 피를 토하며 양손으로 창을 잡아 허우적거렸다.

"어떤 기분이냐고."

제니엘라는 대답하지 않았다. 일그러진 눈만이 지독한 감정을 담아 이성민을 올려 볼 뿐이었다.

"부족해?"

더 확실히 알게 해줄까. 이성민은 그렇게 중얼거리며 새로운 창을 손에 쥐었다.

아주 자연스럽게, 이성민은 창끝에 무극을 담았다. 그것을 간파한 제니엘라가 헉하고 숨을 삼키며 몸을 안개로 바꾸어 빠져나가려 했으나, 그 순간에 이성민의 괴력난신이 제니엘라의 몸을 붙잡았다.

무극의 창이 제니엘라의 왼쪽 팔을 관통했다. 제니엘라의 입에서 비명이 터졌다. 그것은, 여태까지 그녀가 겪었던 그 어떤 고통보다도 끔찍했다.

이성민은 관통한 창을 비틀어, 제니엘라의 팔을 완전히 잘라냈다.

"재생해 봐."

이성민은 버둥거리는 제니엘라를 물끄러미 보면서 말했다. 팔의 절단면에서는 피조차 흐르지 않았다.

제니엘라는 식은땀을 흘리며 이를 악물었다.

만월의 밤이다. 마력은 무한하다. 이 밤에서 제니엘라는 절대로 죽지 않고, 그 어떤 상처도 순식간에 재생된다.

하지만 잘린 팔은 재생되지 않았다. 무극은 근원을 관통한다. 사마련주가 최후에 도달했던 심득의 일부가 무극의 무리에 녹아 있다.

제니엘라는 떨리는 눈으로 자신의 왼팔을 보았다. 팔에서 느껴지는 통증과 공백감이 너무나 낯설었다. 지금, 그녀가 느끼고 있는 감정도 마찬가지였다.

"재생해 보라고."

이성민은 낮은 목소리로 재촉했다.

제미니는 숨을 죽이며 그 모든 것을 지켜보고 있었다. 이성민에게 한 번 죽은 것에 짜증도 있었지만, 급변해 버린 상황은 그에 대한 모든 감정을 소멸시키고 제미니를 갈등하게 만들었다.

제미니는 제니엘라에게 애증을 품고 있다. 그녀는 친언니인 제니엘라가, 흡혈귀로 변이하고 나서 동의도 구하지 않고서 자신을 흡혈귀로 만든 사실을 증오했다. 그뿐만이 아니라, 제니엘라는 자신이 바라고 있는 파멸을 고집스레 강요하고 있다.

그러면서도 제미니는 제니엘라를 사랑한다. 자신을 마음대로 뱀파이어로 만든 친언니를.

제미니는 수백 년 동안 자신에게 주었던 제니엘라의 사랑을 의심한 적 없었다. 그것이 제미니를 갈등하게 만들었다.

사실 그것은 우스운 갈등이었다. 저 상황에서 제미니가 개입한다고 해도, 그녀는 아무것도 바꿀 수가 없다. 제미니의 힘은 분명 강력하긴 했지만, 그녀가 제니엘라를 돕는다고 해도 상황을 바꿀 정도는 아니었다.

내심. 제미니는 이성민이 제니엘라를 쓰러뜨리는 것을 바라왔다. 만약 그렇게 된다면, 수백 년 동안 바라온 자유를 손에 넣을 것이 분명했으니까.

하지만 정작 이런 상황이 되어버리니 제니엘라와 보냈던 수백 년이 발목을 잡는다. 눈앞에서…… 수백 년을 함께 살아온 언니가 죽는다. 그런 갈등이었다.

그토록 바라던 것인데, 막상 실현될 것 같으니 감정이 요동친다. 힘을 보탠다고 해도 상황을 바꿀 수는 없다. 그래도…… 함께 죽는 것 정도는 할 수 있을 것이다. 가는 길이 외롭지 않도록.

마음이 갈피를 못 잡았다. 꼭 그렇게 죽어야 해? 여태까지 이렇게 되는 것을 바라왔잖아. 직접 할 수가 없으니까, 그나마 가능성이 있어 보이는 이성민을 데리고 제니엘라를 죽이려 했던 것인데.

제미니가 그런 고민을 하고 있을 때, 이성민이 제니엘라의 머리를 한 번 더 걷어찼다. 제니엘라의 몸이 바닥에 엎어졌다. 그 모습에 제미니는 빠득 이를 갈았다.

그리고 헐떡거리던 제니엘라의 눈이 제미니를 보았다.

제미니는 마주친 제니엘라의 눈, 그 안에 요동치는 감정이 무엇인지 알지 못했다. 그것은 서로에게 익숙하지 않은 감정이었다. 또, 제니엘라에게 지독하게 어울리지 않는 감정이기도 했다.

분노, 짜증, 증오, 살의, 그런 '익숙한 것'들의 아래에. 제미니는 꿀꺽 침을 삼켰다. 그 익숙하지 않은 감정을 무엇인지 깨달은 순간, 제미니는 작금의 상황이 완전히 끝났음을 이해했다.

제니엘라는…… 패배했다.

만월의 밤. 저 높은 곳에 뜬 보름달은 제니엘라에게 승리를 주지 못할 것이다. 죽일 수 있을 때 죽였어야 했다. 제니엘라가 그 상황을 너무 즐기려 들지 않았다면 이미 아까 모든 것이 끝났을 것이다. 이성민뿐만이 아니라, 이 숲의 모두가 제니엘라에게 죽는 것으로.

하지만 지금은 아니다. 제미니는 제니엘라의 눈에서 보였던 감정을 떠올렸다. 서로에게 낯선 것. 제니엘라에게 지독하게 어울리지 않는 것. 그녀가 살았던 700년이라는 긴 시간 동안, 한 번도 의식하지 않았던 감정.

공포였다.

제니엘라는 그 감정을 부정하고 있었다. 잠깐, 정신이 느슨해졌을 뿐이다. 너무 즐기고 있던 탓에 긴장이 부족했다. 밟아 꿈틀거리는 지렁이가 튀어 올라 발목에 붙어버린, 그 정도의 불쾌감이라고 여기려 했다. 그래도, 지금 상황이 위험하다는 것은 알았다. 제니엘라는 숨을 몰아쉬며 제미니를 보았다.

바로 앞에 서 있는 이성민은 싸늘한 눈으로 제니엘라를 내려 보고 있었다. 그는 어떻게 해야 제니엘라에게 잔혹하고, 고통스럽고, 절망적인 죽음을 줄 수 있을까 생각하고 있었다.

제니엘라도 마찬가지였다. 답이 필요했다. 영체가 절단 난 왼팔은 재생하지 않는다. 마력은 무한했지만, 그것을 사용하며 싸움을 벌여도 이성민을 압도하지 못했다.

이런 경우는 제니엘라에게 굉장히 낯설었다. 그녀는 여태까지 싸움에서 단 한 번도 약자의 입장에 서본 적이 없었다. 미래를 보는 마안은 강적과의 싸움을 지혜롭게 피하게 했고, 혹 강적과 싸움을 피할 수 없게 된다고 하여도 유리한 입장에 서서 싸움을 풀어가게 했다.

몇 년 전부터 미래안은 사라졌지만, 이런 일이 일어날 것이라고는 단 한 번도 생각해 본 적이 없었다. 700년 동안 제니엘라는 힘을 키워왔다. 사마련주마저 이 세상에서 사라지고, 정파 무림 최고수라는 검선조차도 제니엘라에게 미치지 못했다.

신령의 꼭두각시에 지나지 않는 무신은 애초부터 염두에 두지 않았다. 인간으로서 마법의 정점에 섰던 카인과 아벨 형제는 사이좋게 뒈져 버렸고, 그리에스를 계승한 로이드는 그들에 비해 역량이 부족했다.

이 세상에서 제니엘라를 막을 존재는 없었다. 그렇기에 낯선 것이다. 자신이 이런 상황에 처했다는 것이 처음으로 느껴보는 공포라는 감정이.

어떻게 해야 할까. 혈족의 힘을 모조리 환원하는 방법은 쓸수 없었다. 트라비아의 뱀파이어들은 제니엘라가 자리를 비운 중에 이성민에게 사냥당했다.

조력은 없다. 의외였지만, 주원은 죽은 모양이었다. 첸과 쿤도 죽어 그들의 힘은 이미 제니엘라의 안으로 돌아왔다. 그 정도로는 도움이 안 된다. 혈마…… 의 힘은 이성민에게 있다. 어떻게 해야 할까.

불사력은 더 이상 제니엘라에게 우월함을 주지 못했다. 손쉽게 사용하는 무극은 제니엘라의 재생력을 끊어낸다. 남발하지 않는 것은 힘들어서가 아니라, 제니엘라를 완전히 절망시키기 위해서였다.

'어떻게 해야 할까.'

도망치는 것도 생각해 보았다. 그것은 즉시 기각되었다. 가능의 여부를 떠나, 그러고 싶지 않았다. 그녀는 여전히 오만하고 도도했다. 적어도 아직까지는.

'아, 그래.'

제니엘라가 제미니를 보았다.

제미니는 제니엘라에게 가진 애증 속에서 망설이고 있었다. 사실 그것은 우스운 갈등이었다. 지금 상황에서 제미니가 힘을 더한다고 해도 상황을 뒤집는 것은 불가능하다.

제미니도 이성적으로는 그런 것이라고는 알고 있었다. 다만, 알고 있음에도 뭔가 해야 한다는 생각에 시달리고 있을 뿐이었다. 수백 년을 함께해 온, 사랑하는 언니의 죽음을 손 놓고 보고 싶지 않다는 마음 때문이었다.

그럼에도 자유를 갈망하기에 제니엘라의 죽음을 바란다. 사실 그것도 우스웠다. 제니엘라가 죽는다고 해서 제미니의 자유가 보장되는 것은 아니다. 이성민이 제미니를 죽여 버릴 수도 있으니까.

'아직 한 명이 남아 있잖아.'

제니엘라는 제미니와 다른 생각을 했다.

애초에 그녀가 바라는 것은 세상의 멸망이었다. 종언의 때가 되어, 모든 것이 사라지는 것. 제니엘라는 학살포식의 출현을 보았고, 그렇게 멸망하는 세상을 수백 년 동안 바라왔다. 학살포식의 미래를 보지 못하게 된 순간부터는 자기 자신이 아이네를 학살포식으로 만들어, 종언을 주도하고자 했다.

결국 그녀의 바람은 모든 것의 죽음이다. 그것에 예외는 없다. 제니엘라 자신조차도 그때가 되면 기쁜 마음으로 죽을 생각이었다. 제니엘라의 뜻을 거부할 수 없는 그녀의 혈족들도, 모두가 같은 죽음을 기다리고 있었다. 그중 유일한 예외가 제미니였다.

피가 이어진 자매라서? 아니, 그 때문은 아니었다. 제니엘라가 제미니의 감정을 통제하지 않은 것은, 애완동물을 키우는 감정과 비슷했다. 자신과 동등하지는 않은. 그러면서도 말을 잘 듣지 않고, 엄하게 대하면 못마땅해하면서 말을 듣는…….

뱀파이어로 변이한 제미니의 목을 물어뜯었을 때. 제니엘라는 앞으로 살아갈 수백 년 동안, 자신의 곁에 그런 존재가 필요하다는 것을 직감하고서 그렇게 행동했을 뿐이었다. 누군지도 모르는 이를 애완동물로 삼느니, 어린 시절을 공유한 여동생을 애완동물로 삼는 편이 낫다고 여겼다.

그때의 행동은 옳았다. 무조건적인 충성을 바치는 혈족들 사이에서 제미니는 언제나 짓궂고 말 안 듣는 강아지처럼 행동해 주었다. 그렇기 때문에 제니엘라는 죄책감을 느끼지 않는다. 그럴 이유가 없었다.

모든 혈족이 그러하듯 제미니 역시 제니엘라에게는 소모품이었다. 그래도, 아쉬움이 없지는 않았다. 기왕이면 세상의 끝을 제미니, 혈마와 함께 보고 싶었는데.

'어쩔 수 없잖아.'

제니엘라는 그런 생각을 하며 제미니에게 의식을 집중했다. 제미니가 가진 뱀파이어로서의 힘을 돌려받는다. 물론 그것으로 상황은 크게 변하지 않을 것이다. 제니엘라는 공포를 무시하면서도 자신의 패배와 죽음은 직감하고 있었다.

그냥, 혼자 죽기 싫을 뿐이다.

"어……."

제미니의 몸이 흠칫 떨렸다. 몸속 깊이 새겨진 제니엘라의 마력이 요동친다. 로드의 마력은 혈족의 하위 뱀파이어에게 있어서 절대적인 통제력을 갖는다. 특히 육안으로 식별 가능한 이 거리라면 저항은 불가능하다.

"자, 잠깐, 퀸, 왜? 나를 왜?"

제미니가 당황하여 외쳤다. 그녀는 제니엘라가 이런 행동을 할 것이라고는 조금도 예상하지 못했다. 자매니까, 사랑하니까. 제미니는 경악한 눈으로 제니엘라를 보았고, 제니엘라는 그 시선을 무시했다.

"좋아."

이성민이 살짝 머리를 끄덕거렸다.

작은 소리로 왼 용언이 마법이 되었다. 공간을 채우고 있는 마력이 이질적인 힘이 되어 구현되었다.

헉, 하고 숨을 삼킨 제미니가 자리에 주저앉았다. 움직이지 않아 가던 몸에 감각이 돌아왔다.

이성민이 만들어낸 결계는 내외적인 간섭을 모조리 차단한다. 제니엘라가 아무리 강력한 뱀파이어라고 해도, 이 결계 안에서는 혈족에게 간섭이 불가능해진다.

"뭐야……?"

제니엘라가 당황하여 외쳤다. 그녀는 급히 머리를 들어 이성민을 보았다. 하지만 제니엘라는 이성민의 얼굴을 제대로 보지 못했다. 그녀가 본 것은 코앞까지 날아온 주먹이었다.

콰직!

콧잔등이 주저앉았다. 찌그러진 코에서 피가 뿜어졌다. 뒤로 젖혀지는 상체가 등의 충격으로 튀어 올랐다.

어느새 제니엘라의 등 뒤에는 수백 개의 마력탄이 배치되어 있었다. 제니엘라가 신음을 흘리며 손으로 바닥을 짚었다.

이성민은 한 손에 쥐고 있던 무형창을 소멸시키고서 양 손가락 관절을 꺾었다.

"생각해 봤어."

"으……."

"당신을 어떻게 절망시켜야 할지."

뚜둑.

손가락 관절을 꺾으며 이성민은 제니엘라에게 다가갔다. 제니엘라가 악을 쓰며 몸을 튕겼다. 아무렇게나 휘두른 오른손이 이성민의 머리로 날아왔다.

투웅!

배치되어 있던 마력탄이 쏘아졌다. 연달아 쏘아진 탄환이 제니엘라의 옆구리를 타격했다. 붉은 마력은 제니엘라의 몸을 보호해 주지 못했다. 제니엘라의 몸이 허공에서 팽그르 돌았다.

"우선 당신이 하고자 하는 모든 것을 하지 못하게 만들 거야."

제미니의 목숨을 구한 것이 아니다. 제니엘라가 하고자 했던 것을 하지 못하게 한 것뿐이다.

"여태까지 재미있었지?"

제니엘라의 몸이 땅에 처박혔다. 그녀는 독기에 찬 눈으로 이성민을 노려보았다.

"일어서."

이성민이 재촉했다.

"당연히 재미있었을 거야. 모든 것을 의도하면서, 내가 발악하는 것을 저 높은 곳에서 내려 보고 있었잖아. 나를 절망시키겠다면서."

그럼 나 하나만 했으면 됐잖아. 이성민은 그렇게 중얼거리며 웃었다.

"그냥, 입장이 바뀌었다고 생각해. 이제 당신은⋯⋯ 무슨 수를 쓰더라도 나를 절망시킬 수 없어. 나는 이미 그걸 느꼈고, 해서 안 된다고 마음먹었거든. 허주도 그것을 바라지 않을 거야."

"아아악!"

제니엘라가 고함을 질렀다. 그녀의 마력이 요동쳤다. 공격을 위해 몰아치는 마력이 나서기 전에, 다시 한번 마력탄이 움직였다. 사방으로 쏘아진 마력탄이 제니엘라의 마력을 모조리 찢었다.

"말했잖아. 당신이 하고자 하는 모든 것을 하지 못하게 만들겠다고."

제니엘라의 어깨가 바들거리며 떨렸다. 그녀는 뭐라 말도 하지 못하고 입술을 씰룩거렸다. 이런 입장에 선 것은 처음이었기에, 이런 상황에서 어떤 말을 해야 할지 알지도 못했다. 무시하고자 했던 감정이 강하게 떠오르고 있었다.

"좀 웃어봐."

이성민이 다가왔다. 제니엘라는 뒷걸음질로 이성민에게서 물러나려 했으나, 그보다 이성민이 다가오는 것이 빨랐다.

그가 제니엘라를 부수기 위해 택한 것은 가장 단순한 폭력의 형태였다. 주먹이 제니엘라의 뺨을 갈겼다. 박살 난 턱이 덜렁거렸다. 기껏 재생한 코가 다시 찌그러졌다. 어깨를 잡아 으스러뜨렸고, 그녀의 복부에 무릎을 꽂았다.

"우웩……!"

제니엘라가 몸을 숙이며 피를 토했다. 타격은 단순했지만 그녀와 같은 불사자를 상대로 고통을 주기에 적합했다.

재생력이 몸을 회복시켰지만, 타격은 멈추지 않았다. 주먹을 휘두르고, 발길질을 했다. 제니엘라가 다시 땅을 뒹굴었다. 하도 굴러댄 탓에 그녀의 몸은 흙투성이였다.

"고통은 익숙해?"

이성민은 제니엘라의 뒤통수를 손으로 잡았다.

콰직!

그리고 그녀의 머리를 땅에 내리찍었다. 제니엘라가 가진 어마어마한 마력도, 강인한 뱀파이어의 육체도 아무 소용이 없었다. 이성민의 몸은 그녀가 가진 모든 것보다 강했다.

"응, 아니야. 당신이 말했잖아. 고통은 익숙해지는 것이 아니라고. 그냥 참을성이 늘어나는 거지."

이런 고통은 어때. 이성민은 제니엘라의 손목을 잡았다. 안으로 밀어 넣은 요력이 제니엘라의 신경을 불태우고 뼈와 근육을 비틀었다.

수천 마리의 벌레가 혈관 안을 기고 갉아 먹는 것만 같은 통증이었다. 몸 안에서 우둑거리는 소리가 계속해서 들렸고, 제니엘라는 입을 쩍 벌리고서 바들거리며 몸을 떨었다.

"죽는 것은 익숙해도, 이런 건 아니지?"

이성민은 왼손으로 제니엘라의 목을 잡았다. 꽉 쥐는 압박감에 제니엘라가 버둥거리며 숨을 켁켁거렸다. 압력에 그녀의 두 눈이 붕어처럼 불룩 튀어나왔다.

숨이 끊어지기 직전에 이성민은 잡고 있던 목을 놓았다. 그리고 헐떡거리는 제니엘라의 목을 다시 쥐었다.

"그…… 그만……."

제니엘라가 쉰 목소리로 중얼거렸다. 제니엘라는 공포를 더 이상 외면할 수가 없었다. 오만과 도도함은 쉬지 않고 이어지는 일방적인 폭력과 고통 속에서 산산조각이 났다.

"주, 죽여. 그냥…… 나를……."

"당연히 그렇게 할 거야."

그럼, 살려줄 줄 알았어? 이성민은 두 눈을 동그랗게 뜨고 물었다.

"하지만 아직은 아니야. 당신도 알잖아. 아직 밤은 길어."

그 말에 제니엘라의 얼굴이 공포로 일그러졌다.

"제발."

이성민은 감정을 계속해서 터뜨렸다. 쌓인 모든 것을, 후회하지 않을 정도로.

우습다는 생각이 들었다. 아직 제대로 시작도 하지 않았다.

그리고, 아무리 생각해 봐도 이성민이 제니엘라보다 오래 참았었다. 그런 주제에 고통은 익숙해지지 않는다고 떠들다니, 우습기 짝이 없었다.

"그만해요, 제발."

증오의 대상이 필요했다. 멀리서 찾을 필요 없이 그 대상은 코앞에 있었다. 한때 도저히 답이 보이지 않을 괴물이었던 그녀는, 지금은 더 이상 괴물이 아니었다.

"내가, 내가 잘못했어요, 제발……."

괴물은 이성민이었다. 애걸하는 제니엘라를 향해 이성민은 생각할 수 있는 모든 폭력과 고문을 실행했다. 단순한 폭력부터 시작해서 마법도 시도해 보았다.

특히 재미있었던 것은 정신 마법이었다. 존재감만으로 공포에 질리게 만드는 제니엘라지만, 정작 그녀 본인은 정신 오염을 당한 경험이 없었다.

"제발…… 죽여줘요."

울면서 비는 모습을 보았을 때는 성취감을 느꼈다. 드디어 해냈구나, 라는 기분이었다.

하지만 아직 달은 지지 않았다. 밤은 길게 남았다. 성과를 거두었지만, 이성민은 멈추지 않았다. 밤이 아직 길게 남은 것만큼이나 이성민이 할 수 있고 하고 싶은 것들도 아직 많이 남아 있었다.

어느 순간부터, 제니엘라는 애걸도 하지 못했다. 그럴 때 해답은 간단했다. 머리를 한 번 날려 버리면 제니엘라의 몸은 즉각 재생했고, 멈춰 버린 정신도 되돌아 왔다.

그리고 다시 시작했다. 그러면 다시 제니엘라는 비명을 지르며 애걸했다. 그녀는 살려달라는 말은 하지 않았다. 그 어떤 경우에도 이성민이 자신을 살려주지 않을 것을 알기 때문이었다. 대신에, 그녀는 제발 죽여달라고 애걸했다.

"날, 날, 날 죽여. 죽이라고!"

"아직 아니야."

그럴 때마다 이성민은 웃으며 대답해 주었다. 복수는 허무한 것이라는 말이 떠올랐다.

내심 어이가 없었다. 허무하다고? 전혀, 전혀, 허무하지 않았다. 이성민이 가지고 있는 혈마의 기억이, 제니엘라에게 가하는 폭력에 거부감을 보였다. 하지만 무시했다.

그리고 다른 생각이 들었다.

'제니엘라만 없었다면.'

제니엘라만 없었다면 사마련주가 북쪽으로 갈 일도 없었을 것이다.

제니엘라만 없었다면 백소고가 주원의 독에 중독되는 일은 없었을 것이다.

제니엘라만 없었다면 백소고가 오른팔을 잃는 일은 없었을 것이다.

제니엘라만 없었다면 스칼렛의 왼쪽 눈이 뽑히는 일도 없었을 것이다.

제니엘라만 없었다면 흑룡협의 왼팔이 잘리는 일도 없었을 것이다.

제니엘라만 없었다면 로이드의 오른쪽 다리가 잘리는 일도 없었을 것이다.

제니엘라만 없었다면, 창왕이 죽는 일도 없었을 것이다.

제니엘라만 없었다면 오슬라의 날개가 찢기고, 저 숲이 황폐해지는 일도 없었을 것이다.

이 숲에서 일어난 모든 인과가 제니엘라가 있었기에 생긴 일이다. 제니엘라만 없었다면, 어떤 식으로 생각해 본들 제니엘라가 있을 때보다 나았다.

그래. 제니엘라만 없었다면, 허주가 사라지는 일도 없었을 것이다.

제니엘라는 축 늘어져서 반응하지 않았다. 이성민은 아무렇지 않게 제니엘라의 머리를 날려 버렸다. 머리가 재생하는 속도가 눈에 띄게 더뎌졌다.

이성민은 하늘을 힐긋 올려 보았다. 어느새 밤이 끝나가고 있었다. 여명이 다가온다.

이성민은 자신의 손을 내려 보았다. 피에 흠뻑 젖은 손이었다. 그것을 아무렇지 않게 털어내고 제니엘라를 보았다. 머리가 재생한 그녀는 피에 젖은 얼굴을 푸들거리며 떨고 있었다. 그녀는 더 이상 도도하지도, 오만하지도 않았다.

"……죽여……"

그저 죽음만을 바라고 있었다. 대체 몇 번을 죽었는지, 아니, 따지고 보면 죽음의 횟수는 그리 많지 않다.

그녀의 정신을 몇 번이나 박살 냈던 것은 죽음 이상의 고통이었다. 밤은 빌어먹도록 길었다. 보름달의 마력과 무한한 재생력은 그에 맞는 무한한 고통을 영원토록 주었다.

이성민은 빛이 흐린 제니엘라의 두 눈을 보았다. 아까 전의 제니엘라를 떠올렸다. 시끄럽게 웃으면서 절망했느냐고 묻던 그녀를. 지금의 제니엘라에게 그때의 모습은 조금도 남아 있지 않았다. 절망을 묻던 그녀는 지금 이 순간, 평생의 그 어느 때보다 절망감에 젖어 있었다.

몇 번이나 소곤거려 주었다. 당신이 바랐던 것은 그 어느 것도 이루어지지 않는다. 학살포식이 출현한 미래도 이루어지지 않았고, 아이네를 학살포식으로 조련하는 것도 실패했다. 당신이 가장 바라였던 이 세상의 파멸도 이루어지지 않는다. 그럴 때마다 제니엘라가 발작하듯 몸을 떠는 것이 즐거웠다.

"죽여…… 이제……"

드디어 죽을 수 있다. 제니엘라는 달이 저물고 여명이 밝아오는 것을 보며 그런 생각을 했다.

길었다. 밤은, 정말로 길었다. 끝나지 않을 것만 같은 밤이 끝난다. 더 이상 고통을 겪을 일도 없을 것이다. 더 이상 고통을 겪고 싶지 않다는 것이 죽음을 바라는 이유는 아니었다.

제니엘라는 견딜 수가 없었다. 자신이 바라고, 해왔던 것들이 그 무엇도 이루어지지 않는다는 것을. 학살포식도 출현하지 않았고, 아이네를 학살포식으로 만들지도 못했다. 이 눈으로 종언을 보지도 못했다. 그녀가 이만큼의 절망을 느끼는 이유는 그것 때문이었다.

그래서 죽음을 바라고 있었다. 차라리 죽어버린다면, 그 이후의 일은 모르게 된다. 그런 식으로 추하게나마 위안을 얻을 수 있다고 생각했다. 나는 죽었지만, 내가 죽은 후에 이 세상은 종언을 피하지 못했을 것이라는

"무슨 생각해?"

이성민은 고개를 내려 제니엘라를 보았다. 바짝 붙어 다가온 이성민의 얼굴에 제니엘라가 질겁하며 턱을 당겨 붙였다.

그녀는 바들거리며 떨리는 손을 꽉 쥐었다. 이성민은 공포에 물든 제니엘라의 눈을 보았다.

"그럼."

이성민의 손에 무형창이 만들어졌다. 그는 아무렇지 않게 무형창을 제니엘라의 오른쪽 어깨에 내리찍었다. 끔찍한 통증

에 제니엘라가 입술을 빠득 씹었다.

"끄…… 으으으……!"

꽉 다문 입술 사이로 신음이 새어 나왔다. 이전과는 통증의 질이 달랐다.

이성민은 진득하니 제니엘라의 오른팔을 완전히 끊어냈다. 상처는 재생하지 않았다. 제니엘라는 숨을 몰아쉬며 두 눈을 질끈 감았다. 몇 번의 고통이 이어진 뒤에는, 완전히 끝난다. 그런 생각을 하면서.

"안 아파?"

"아…… 아파……."

"기분은?"

제니엘라는 대답하지 않았다. 이성민은 피식 웃으면서 제니엘라의 허벅지에 창을 찍었다. 제니엘라는 발작하며 비명을 질렀다.

굳이 대답을 듣고 싶어서 물은 것은 아니었다. 이성민은 하기로 마음먹은 일을 했다.

마지막, 마지막이다. 제니엘라는 비명을 지르고, 참는 것을 반복하며 팔다리가 모두 잘려 나가는 통증을 느꼈다. 그리고 드디어, 무형창의 끝이 제니엘라의 가슴 위에 올라갔다. 제니엘라는 숨을 헐떡거리며 이성민을 올려 보았다.

"잘 알아둬."

이성민은 제니엘라를 내려 보며 중얼거렸다.

"당신이 바라는 것은, 그 무엇도 이루어지지 않는다고 했던 말을."

뭐라는 거야. 빨리 찌르기나 해. 제니엘라는 입술을 씹으며 그 말을 가슴 속으로 삼켰다. 괜스레 자극하고 싶은 마음은 없었다. 이성민은 온갖 감정이 요동치는 제니엘라의 눈을 보며 천천히 제니엘라의 가슴에 창을 밀어 넣었다.

창두가 피부를 태우고 들어온다. 마력은 저항하지 못하고 늑골에 커다란 구멍이 났다.

아, 심장에 창두가 닿았다. 뚫린다, 뚫린다, 뚫린다……. 제니엘라의 입에서 끄륵거리는 소리가 났다. 죽음이 다가오고 있었다. 여태까지, 참 많은 죽음을 겪어왔다. 700년의 삶에서 오늘 밤만큼 많이 죽었던 적은 없었다.

그리고, 이제 곧 맞이하게 될 죽음에서 다음은 없다.

'괜찮아…….'

아니, 괜찮지 않다. 죽고 싶지 않았다. 언젠가 죽게 될 날을 바라기는 했지만, 이런 식의 죽음은 바라지 않았다. 죽고 싶지 않다. 종언이 어떤 식으로 오는지 보고 싶었다. 그러고 보니 왜 그것을 보고 싶어 했더라?

"아……."

뚫렸다. 푹, 하고 심장이 관통되었다. 그대로 파고들어 온 창은 제니엘라의 등을 뚫고 밖으로 나왔다.

파직 소리와 함께 전류가 튀었고, 무형창이 사라졌다. 통증이 멀게 느껴졌다. 의식이 붕 떠오른다. 많은 감정이 스쳐 지나갔다.

"끝, 끝이야."

제니엘라는 작은 목소리로 중얼거렸다. 죽고 싶지 않았다. 종언을 보고 싶어서, 이곳에서 죽고 싶지는 않았다.

하지만 그렇다고 해서 살고 싶은 것도 아니었다. 이런 고통을 계속해서 느끼는 것이 두렵다. 결국 종언이 오지 않는 것을 보게 되는 것이 두렵다. 그래서, 결국은 죽고 싶었다.

'아…….'

의식이 완전히 멀어졌다. 몸뚱이에 아무 감각이 없다. 몇 번이나 머리가 날아가고 심장이 터졌었지만, '진짜' 죽음은 여태까지 겪었던 죽음들과는 느낌이 달랐다.

'아니. 정말 다른가?'

의식에 찌릿하고 전류가 흘렀다. 캄캄했던 시야에 빛이 비추어졌다. 그녀가 가장 먼저 본 것은 코앞까지 다가와 있는 이성민의 얼굴이었다.

제니엘라는 비명을 지르려 했으나, 비명이 나오지 않았다. 발작하여 도망가려 했어도 거리는 멀어지지 않았다. 생전 처음 느껴보는 무력감이 제니엘라의 몸을 구속하고 있었다.

"흠."

이성민은 손에 올려놓은 구슬을 보며 턱을 어루만졌다. 처음 해보는 것이라 잘될까 걱정이었는데, 생각했던 것 이상으로 잘 되었다.

기억을 재정립하면서 사마련주와 혈마의 무공을 모두 손에 넣은 것도 어마어마한 진전이었지만, 그보다 범용성이 높은 것은 역시 드래곤의 마법이었다.

'마법이란 것이 이렇게 편리할 줄은 몰랐어. 그렇지?'

자연스레 허주에게 질문했다가, 대답이 돌아올 리가 없다는 것을 알고서 쓰게 웃어버렸다. 이성민은 손에 쥔 구슬을 가볍게 흔들었다.

[아, 아아아아!]

구슬 안에서 제니엘라의 혼이 요동치며 비명을 질렀다. 이성민은 구슬을 조금 더 흔들고, 손톱으로 구슬의 표면을 긁으면서 요력을 흘려보냈다. 구슬 안에서 제니엘라가 발작을 보였다. 이성민은 그것을 보며 빙그레 웃었다.

"말했잖아."

구슬 안에 갇힌 제니엘라의 혼에게 소곤거렸다.

"당신이 바라는 것은 그 무엇도 이루어지지 않을 것이라고."

제니엘라는 최후의 순간에 죽음을 바라였다. 그래서 죽이지 않았다. 육체를 죽이고 혼만을 뽑아내 드래곤의 마법으로 가두었다. 마법이 유지되는 이상 제니엘라의 혼은 절대로 해방되지 않는다. 그녀가 어떤 수를 쓰든 저 감옥에서 탈출하는 방법은 없다.

"너무 나쁘게 생각하지는 마."

이성민은 구슬 안에서 절망에 찬 비명을 지르는 제니엘라를 보며 웃었다.

"일단 죽지는 않았잖아. 어쩌면, 이런 꼴로나마 종언을 보게 될지도 모르지."

[그만, 그만⋯⋯!]

제니엘라가 지르는 비명을 무시했다. 이성민은 그녀의 목소리를 머릿속에서 차단하고서 천천히 몸을 돌렸다.

제미니는 주저앉아 멍한 얼굴로 이성민을 보고 있었다. 그녀는 이성민의 발치 아래에 축 늘어져 있는 제니엘라의 시체와 이성민이 쥐고 있는 구슬 안에서 요동치는 제니엘라의 혼을 느꼈다.

그녀는 무슨 상황이 일어난 것인지 이해하고서 꿀꺽 침을 삼켰다.

"왜 도망치지 않았지?"

이성민은 제미니를 향해 다가가며 물었다.

"도⋯⋯ 도망쳐 봐야⋯⋯ 의미가 없으니까⋯⋯."

"맞아."

이성민은 머리를 끄덕거리며 무형창을 쥐었다. 제미니는 흠 칫 놀라 어깨를 움츠렸다. 그리고 즉시 자세를 바꾸어 무릎을 꿇었다.

"마, 마나에 맹세할게. 나는 절대로, 당신을 방해하지 않을 거야. 절대로 당신을 적대하지도 않을 거야. 그리고, 그리 고……. 제발…… 내가…… 뭘 해야 해?"

"살고 싶어?"

"……응……."

제미니가 울먹거리며 머리를 끄덕거렸다. 머릿속에서, 혈마 의 기억이 꿈틀거렸다.

"뱀파이어들을 모아."

이성민은 무형창을 내렸다.

"제니엘라에게 속해 있지 않은 뱀파이어들. 제니엘라가 이 런 꼴이 되었으니, 네가 새로운 뱀파이어 퀸이 되도록 해."

"그…… 그리고……?"

"아무것도 하지 마. 피를 마시지 말라는 말은 안 하겠지만, 혈족을 늘리지는 마. 북쪽에 처박혀 있을 필요는 없어. 살기 위해 피를 마시는 것은 허락하겠지만…… 적당히 해."

"아…… 알았어, 아니, 알았어요."

제미니가 급히 머리를 조아리며 말했다. 적당한 동정심이었 다. 제니엘라는 몰락하였지만, 그렇다고 이 세상에 뱀파이어가 모두 사라지는 것은 아니다. 그렇다면 제미니를 통해 뱀파이어 세력을 모아놓고 적당한 선에서 통제하는 편이 좋다고 생각했다.

'그러니까.'

이 정도에서 만족해.

머릿속에 강하게 새겨져 있는 기억의 잔재를 지워냈다. 양녀와 함께 여행하던 시절에, 혈마가 느꼈던 기억을.

제미니는 숙인 머리를 들지 않았다. 머리가 팽팽 돌았다.

'살았다. 살았…… 나……?'

조금 전에 이성민이 했던 말들을 다시 생각해 본다.

다른 뱀파이어들을 규합하고, 아무것도 하지 말라는 말. 북쪽에 처박혀 있을 필요는 없다고 했다. 그냥, 적당히 하라고 했다.

그것으로 충분했다. 평생의 대부분을 살았던 트라비아를 벗어나, 제니엘라의 그늘을 벗어나게 된다는 것만으로 제미니는 만족할 수 있었다.

제미니는 슬며시 눈을 들었다. 이성민은 여전히 제미니를 내려다보고 있었다. 제미니는 흠칫 놀라 어깨를 움츠리면서도, 이성민의 손에 쥐어져 있는 제니엘라의 영혼을 보았다.

더 이상 애증은 없었다. 제미니는 제니엘라를 위해 함께 죽을 것을 갈등했었지만, 제니엘라는 망설이지 않았다. 제니엘라는 자신을 위해 제미니를 죽이려 했다. 제니엘라가 과연 어떤 심정으로 그런 행동을 하였는지는 중요하지 않았다. 제미니가 중요하게 생각하는 것은, 결국에 제니엘라가 자신을 배신했다는 것이었다.

눈이 마주쳤을 때, 제미니는 제니엘라의 감정을 엿보았다. 사랑한다고 말한 친동생의 목숨을 빼앗는 것에, 제니엘라는 조금의 갈등도 보이지 않았다. 안타까움은 있었으나 죄책감은 없었다. 애초에 그때 보았던 안타까움이 무엇에 대한 안타까움이었는지도 모르겠다.

'배신한 건 너였어. 언니.'

제미니는 그런 생각을 하며 다시 머리를 숙였다. 그녀는 더 이상 제니엘라에 대한 생각을 하지는 않았다.

이성민은 그런 제미니를 뒤로하고 몸을 돌렸다. 제미니를 죽이지 않은 이유는 대수롭지 않았다.

여태까지 몇 번 도움을 받기도 했고, 제미니가 빠르게 주제 파악을 했기 때문이었다. 먼저 맹세를 외치면서 머리를 숙였으니 죽일 필요까지는 없다고 생각했다.

그리고 그런 판단을 내리는 것에는, 머릿속에 있는 혈마의 기억 탓이 컸다. 이 정도가 이성민이 베풀 수 있는 마지막 자비였다.

다음으로, 그는 프레스칸을 향해 다가갔다. 그는 긴 밤이 끝날 때까지 엎어져서 움직이지 않고 있었다. 이성민은 프레스칸의 앞에서 걸음을 멈췄다.

"죽었나?"

던지는 질문에 프레스칸은 대답하지 않았다. 그는 더 이상 오열하지도 않았고 흐느끼지도 않았다.

이성민은 씁쓸한 기분을 느끼며 턱을 긁적였다. 안타깝게도, 그는 아이네의 기억이 있지는 않았다. 그가 포식한 것은 아이네의 심장이었지, 아이네 자체가 아니었다. 심장을 포식하기 전에 아이네의 혼을 에레브리사에게 팔아버린 덕에 아이네의 기억은 계승되지 않았다. 그렇기에, 이성민은 아이네와 프레스칸 사이에 어떤 유대가 있는지 알지 못했다.

혈마의 기억이 있어서 제미니에게 동정을 베풀었다. 아이네의 기억이 있었다면, 프레스칸에게도 동정을 베풀었을지도 모른다.

"고통스럽게 죽이지는 않았어."

"닥…… 쳐라……!"

이성민의 중얼거림에 프레스칸이 벌떡 머리를 들었다. 영체가 뒤흔들리고 있었다. 육체가 없는 프레스칸은 눈물조차 흘리지 못했지만, 그의 영체는 슬픔과 증오로 범벅되어 있었다.

"너만, 너만 없었으면 모든 것이 좋았을 것이다. 너만 없었다면……!"

"다 그렇지."

이성민은 프레스칸의 저주를 들으면서 머리를 끄덕거렸다.

"나도 그랬어."

"널, 널 저주하마. 내 딸…… 그 아이와 조금 더 많은 것들을 하고 싶었는데, 더 좋은 것들, 더 아름다운 것들을……."

그 말이 끝나기 전에. 무극의 창이 프레스칸의 가슴을 꿰뚫었다. 프레스칸의 영체가 요동쳤다.

이성민은 끄륵거리며 영체를 비트는 프레스칸을 보며 중얼거렸다.

"아이네는 괴물이었어."

"끄……."

"너는 아이네를 통제하지도 않았고. 아이네가 얼마나 많은 것을 잡아먹든, 그냥 내버려 두었지."

"그…… 아이가…… 그걸…… 하고 싶어 했으니까……!"

프레스칸이 고함을 질렀다. 이성민은 꽂아 넣은 무형창을 뽑았다. 프레스칸의 영체가 바닥에 쓰러졌다. 그는 간헐적으로 영체를 떨며 중얼거렸다.

"아이네……."

딸에 대한 애정이 듬뿍 담긴 목소리였다.

"너를…… 널…… 저주하마……. 그때…… 그때 죽였어야 했는데……."

"다들 그러더라."

이성민은 쓰게 웃으며 중얼거렸다. 프레스칸의 혼이 흩어진다. 제니엘라에게 그렇게 했던 것처럼, 프레스칸의 혼을 붙잡는 것을 시도해 보았다.

하지만 드래곤의 마법으로도 프레스칸의 혼을 붙잡지는 못했다. 리치인 프레스칸의 혼은 애초에 그가 계약한 공포의 마왕에게 귀속되어 있다. 드래곤의 마법이 아무리 뛰어나다고 해도, 마왕의 계약을 파기하여 프레스칸의 혼을 구속할 정도는 아니었다.

'동정심도 못 베풀겠군.'

프레스칸의 혼을 잡아두고, 에레브리사와 거래해 아이네의 혼이 넘어간 곳에 함께 팔아줄 생각이었다. 운이 좋으면 그런 꼴로나마 부녀 상봉이 이루어질 수도 있었을 것이다.

안 되는 것은 어쩔 수가 없다. 이성민은 프레스칸의 혼이 사라지는 것을 지켜본 뒤에 몸을 돌렸다.

숲에 쳐둔 결계는 아직까지 견고히 유지되고 있었다. 이성민은 결계 근처에 모인 기척을 느꼈다. 숲 안에 있는 이들을 일부러 나오지 못하게 했다. 위험하게 만들고 싶지도 않았고…… 방해받고 싶지도 않아서였다.

무슨 말을 해야 할까. 다 끝났다고, 그런 말을 해야 할까. 물론 모든 것이 다 끝나지는 않았다. 제니엘라와의 싸움은 끝이 났지만, 종언은 끝나지 않았다.

조금 더 빨랐다면. 그러면 모두가 지울 수 없는 부상을 남기는 일도 없었을 테지. 드래곤의 마법이 아무리 뛰어나도, 엘릭서가 아무리 효능이 좋아도, 테레사의 치유 마법이 아무리 대단해도. 뽑힌 눈과 잘린 팔다리를 재생시킬 수는 없다. 그것을 생각하니 더욱 마음이 무거워졌다.

그래, 조금 더 빨랐다면. 그들이 그렇게 다치기 전에 제니엘라보다 강해졌더라면. 허주와 더 빠르게 이별했더라면.

결계 앞에서 이성민은 가슴을 부여잡았다. 감정의 파도가 밀려왔다. 이성민은 빠득 이를 깨물었다.

괜찮아. 이성민은 자기 자신에게 중얼거렸다. 허주와 약속하지 않았나. 절망하지 않겠다고. 절대로, 절망하지 않고…… 행복하게 잘 살겠다고. 즐길 수 있는 모든 것을 즐긴 뒤에, 저 먼 세상에서 다시 만나자고 약속했다. 그러니까. 절망해서는 안 된다. 이성민은 결계를 무너뜨리고 그 안으로 들어갔다.

모두가 모여 있었다.

날개가 찢어졌던 오슬라는, 상처 하나 없는 날개를 가지고 웅크려 앉아 있었다. 상처는 없었지만, 그녀의 표정은 초췌함이 짙게 남아 있었다. 이성민은 오슬라의 얼굴을 보며 주먹을 꽉 쥐었다.

오른쪽 팔을 잃은 백소고는 피에 물든 소매를 손으로 잡고서 불안하고 초조한 표정을 짓고 있었다. 이성민은 바람에 흩날리는 백소고의 소매를 보며 아랫입술을 씹었다.

왼쪽 눈이 뽑힌 스칼렛은 그쪽 눈을 질끈 감고 있었다. 어떻게 응급 처치를 하기는 했지만, 눈꺼풀에 달라붙어 굳은 핏물이 보였다.

이성민이 들어오는 것을 보며 스칼렛이 놀라 몸을 일으켰다. 이성민은 걸음이 무거워지는 것을 느꼈다.

흑룡협은 하나 남은 오른팔로 창백한 표정인 테레사의 어깨를 어루만져 주고 있었다. 무릎을 끌어안고 웅크린 테레사의 얼굴은 눈물로 범벅이 되어 있었다. 쓸쓸한 감정을 담은 흑룡협의 눈과 이성민의 눈이 마주쳤다. 이성민은 가슴 깊은 곳에서 시큰한 통증을 느꼈다.

오른 다리를 잃은 로이드가 지팡이를 목발 삼아 비틀거리며 몸을 일으켰다. 그의 근처에는 피범벅이 된 그리에스가 아무렇지 않게 내팽개쳐 있었다.

반색하는 표정을 짓는 로이드의 얼굴에는 주름이 느는 것처럼 보였다. 이성민은 입술이 파들거리는 것을 느꼈다.

그리고. 창왕의 시체는 그들의 한가운데에 있었다. 피는 흐르지 않고 있었지만, 시체는 처참했다. 상체의 대부분이 사라져 있었다. 오른팔와 어깨, 목, 머리만 간신히 남았다.

그럼에도 창왕의 오른손은 창이 꽉 쥐어져 있었다. 이성민은 만족스러운 미소를 짓고 있는 창왕의 얼굴을 보았다. 결국, 이성민은 그곳에서 걸음을 멈추고 말았다.

창왕은 사마련주와 허주가 갔던 곳과 같은 길로 떠났다. 알고 있다. 창왕은 이곳에서 죽었으나, 그의 혼은 그가 바라 마다치 않던 세계로 갔다.

그렇다고 슬픔을 느끼지 않는 것은 아니다. 사마련주의 죽음에서 그러했고, 허주의 소멸에서 그런 것처럼. 죽음이 아니라고 해도, 그것은 결국 이별이다. 이별일 뿐이다. 남겨진 자는…… 슬픔을 느낄 수밖에 없다.

허주의 목소리를 듣고 싶었다. 그래도 잘했다. 많이 컸다……. 그런 칭찬을 듣고 싶었다. 이죽거리는 실없는 소리가 그리웠다. 이성민은 더 걷지 못하고 그 자리에 서서 머리를 숙였다. 참으려고 했는데도 눈물이 두 눈을 가득 채웠다. 내려보는 발등과 땅이 눈물 속에서 출렁거렸다.

절망하지 말라고는 했어도, 슬퍼하지 말라고는 안 했잖아. 차라리 그렇게 말해주었으면 약속했다고 생각했을 텐데. 슬퍼해서는 안 된다고 생각했을 텐데.

결국 눈물이 뚝뚝 떨어졌다. 나쁘지 않은…… 일이라고 생각하는 자기 자신이 싫었다.

창왕은 죽었지만, 결국 그는 자신의 죽음에 만족했다. 모두가 지울 수 없는 상처를 입었지만, 죽지는 않았다. 허주와 이별했지만, 그만큼의 힘을 얻었다.

나쁘지…… 않은 일이다. 앞으로를 생각하면 그렇다. 그렇게 생각하는 자기 자신이 싫다. 창왕이 죽고, 허주와 이별하고, 모두가 상처 입었는데. '이 정도'로 끝난 것에 조금은 다행이라고 생각하는 나 자신이 싫었다.

"사제."

우두커니 서서 눈물을 흘리는 이성민을 향해 백소고가 다가왔다. 왼팔이 잘린 것 외에도 다양한 부상을 입었었지만, 엘릭서와 테레사의 치유 마법으로 그 상처들은 치료가 되었다. 단지 심적으로 크게 지쳐 있을 뿐이다. 걸음에 힘이 잘 들어가지 않았지만, 백소고는 자신의 몸을 재촉했다.

백소고와 함께 스칼렛이 뒤를 따랐다. 다른 이들도 함께 움직였다. 절뚝거리는 로이드를 흑룡협이 부축했다. 테레사가 훌쩍거리며 이성민에게 다가갔다. 오슬라도 날개를 움직여 이성민을 향해 다가갔다.

"잘…… 했어."

가장 먼저 도착한 백소고가 이성민의 어깨를 끌어안았다. 양팔로 꼭 안아주고 싶었는데, 팔이 하나밖에 남지 않았다는 것이 서글펐다.

"잘했어…… 정말……. 수고 많았어……."

왜 우는 것일까. 백소고는 그 이유를 잘 알지 못했다. 그녀는 이성민이 아니었다. 이성민이 어떤 기분을 느끼고 있는 것인지, 이성민이 어떤 이별을 겪어왔는지 잘 모른다.

백소고는 이성민의 감정에 완전히 공감해 줄 수가 없었다. 대신에, 그녀는 진심으로 이성민을 안아주며, 그렇게 말해주었다.

"왜 울어."

스칼렛이 손을 뻗었다. 그녀는 백소고가 안아주지 못하는 반대쪽 어깨에 손을 올렸다.

"잘한 거잖아. 이겼잖아. 그러면…… 된 거야. 네가 울 이유는 없어."

스칼렛은 보지 못하는 왼쪽 눈이 불편해서, 눈썹을 찡그렸다.

"만족하며 갔다."

흑룡협이 중얼거렸다. 그는 창왕의 시체를 힐긋 본 뒤에, 다시 이성민을 보았다.

"……멍청한 늙은이. 왜 만족하며 갔는지 보여주기라도 하고 갈 것을. 슬퍼하지 않아도 돼. 만족하고 죽었고, 충분히 오래 살았으니까."

이성민은 양손으로 자신의 얼굴을 덮었다.

"고마워요, 고마워요……."

테레사가 머리를 숙이며 흐느꼈다.

"이성민 님 덕분이에요. 이성민 님이 없었으면…… 저희는 모두……."

테레사는 그 말을 끝까지 이어가지 못했다. 모두가 살아남은 것이 아니다. 죽을 뻔했고, 창왕은 죽었다. 그럼에도 이런 말을 하게 되는 것이 싫었다.

"솔직히, 죽을 줄 알았어요."

마력을 모두 소모한 루비아는 힘없는 표정으로 축 늘어져 있었다. 이성민은 그런 루비아를 보며 씁쓸한 미소를 지었다.

머리가 날아가기 전, 루비아가 만들어준 틈으로 제니엘라를 노렸었다. 실패해서 머리가 날아가기는 했지만.

"……미안하네. 난…… 난, 아무것도 하지 못했어……."

로이드가 죄책감에 찬 목소리로 중얼거렸다. 그는 자기 자신을 경멸하고 있었다. 왜 그리에스의 마법이 사라진 것일까. 틈을 보아 제니엘라를 시공간에서 추방시켰더라면…….

"울지 마."

오슬라가 훌쩍거렸다.

"네가 울면…… 내가 뭐가 돼. 그렇게까지 했으면서, 결국 제니엘라를 쓰러뜨린 네가 울면…… 내가 너무 못나 보이잖아. 난, 난 정말…… 아무것도 하지 못했어. 무서워서……."

"……아니, 아닙니다."

이성민은 간신히 목소리를 냈다.

"좋아서…… 우는 겁니다. 성공했잖아요. 예…… 제니엘라를 쓰러뜨렸으니까. 그게 좋아서……."

"거짓말……"

백소고가 이성민의 귓가에 작은 목소리로 중얼거렸다. 그 말에 이성민의 어깨가 살짝 떨렸다.

"……왜…… 우는 거야? 사제……."

백소고가 이성민의 눈을 보며 물었다. 머릿속이 엉망이었다. 이성민은 지금 자신이 느끼고 있는 감정을 무엇 하나로 정의할 수가 없었다.

"……내가 싫어서."

이성민은 잠깐의 침묵 뒤에 그렇게 중얼거렸다.

"내가…… 참…… 싫어요."

약했던 내가.

너무 늦어버린 내가.

허주를 떠나보낸 내가.

이렇게나마 된 것을 다행이라고 생각하는 내가.

괴물이 되어버린 내가.

5장
드래곤

　호숫가 근처에 하나의 무덤이 더 생겼다. 10년 전부터 있던 사마련주의 무덤 곁에, 창왕의 무덤을 쌓았다.

　창왕이 정한 자리는 아니었지만 아마, 이곳이라면 만족해 주지 않을까. 이성민은 만족스럽게 웃고 있던 창왕의 시체를 떠올리며 씁쓸함을 느꼈다.

　숲 곳곳에 있는 인외의 시체들은 여명의 때에 먼지가 되어 사라졌다. 숲을 황폐하게 만들어 죄송하다 머리를 숙이자, 오슬라가 머리를 세차게 흔들었다. 어차피 이 숲은 오슬라의 마력으로 존재하던 곳이다. 조금 시간이 흐른다면, 숲은 이전의 모습을 되찾을 것이다.

　모든 것이 끝이 났지만, 호수 속의 요정들은 아직 나오지 않았다. 아무리 장난기 많은 그녀들이라지만, 간밤에 있었던 일에 아직 잔뜩 겁에 질려 있었다.

이성민은 호숫가를 떠나, 결계로 모든 것을 막은 뒤에 제니엘라를 상대했던 것이 옳은 선택이라 생각했다. 만약 호숫가 근처에서 그 끔찍한 짓을 했더라면 모두가 질려 버렸을 것이다.

"안대를 해야겠어."

스칼렛이 왼쪽 눈을 손으로 어루만지며 중얼거렸다.

"어때? 어울릴 것 같아?"

스칼렛은 바로 옆에 얌전히 앉아 있는 루비아에게 물었다. 루비아는 잠시 턱을 어루만지며 스칼렛의 얼굴과 감긴 눈을 번갈아 보았다.

"……외눈 안경은 어때요?"

"눈깔도 없는데 뭔 놈의 외눈 안경이야?"

"그편이 더 스마트해 보일 것 같은데……."

"내가 폼으로 눈깔 가리려는 줄 알아?"

스칼렛은 투덜거리면서 눈자위를 꾹꾹 눌렀다.

"마법으로 의안을 만들어보는 것도 생각해 봤는데, 당장 만들 수 있는 것도 아니니까. 기왕 할 거 제대로 해야지."

졸지에 애꾸가 되기는 했지만 스칼렛은 기운찬 목소리로 말했다. 처진 분위기를 환기하기 위해서였다.

스칼렛은 백소고와 흑룡협을 힐긋 보며 물었다.

"어때? 의수도…… 만들어볼 수는 있을 것 같은데. 나도 해

본 적이 없는 작업이라서, 여러 번 시행착오가 필요하기는 하겠지만 말이야."

"없는 것보다는 낫겠지."

흑룡협은 잘린 오른팔을 내려 보면서 중얼거렸다.

"무공을 쓰는 것은 힘들겠지만 말이야. 그렇다면 있어 봐야 의미가 없군."

"소고, 너는 어때?"

"저도…… 괜찮아요. 팔 하나인 것에 익숙해지는 것이 먼저라고 생각해요."

팔을 잃은 것은 백소고와 흑룡협에게는 치명적이었다. 그나마 다행인 것은 잃은 것이 다리가 아니라는 점이다. 외팔이로도 무인으로서 재기하는 경우는 종종 있지만, 다리를 잃은 것이 훨씬 치명적이다.

그런 면에서 로이드는 운이 좋은 경우였다. 그 정도 수준의 마법사라면 부유 마법은 쉽게 사용할 수 있다. 외다리가 되었다고 해도 이동은 부유 마법으로 하면 되고, 블링크도 마음껏 사용할 수 있다. 오히려 마법사에게 치명적인 것은 손을 잃는 것이다. 수인을 맺지 못하게 되기 때문이다.

"잠시."

로이드는 침중한 얼굴로 이성민에게 다가왔다. 멍하니 창왕의 무덤을 보고 있던 이성민이 고개를 돌려 그를 보았다.

"무슨 일이십니까?"

"중요한 일로 이야기를 나누고 싶네."

이성민은 살짝 머리를 끄덕거렸다. 그는 로이드와 함께 일행과 조금 떨어진 곳으로 이동했다. 저렇게 말하는 것을 보면 다른 사람들이 들어도 될 만한 내용이 아닐 것이다. 이성민은 마법을 펼쳐 로이드와 자신이 속한 공간을 차단했다.

"이건……?"

순식간에 발현된 공간 마법에 로이드가 놀란 표정을 지었다. 로이드는 이성민이 마법을 쓴다는 것에도 놀랐지만, 그를 더욱 놀라게 한 것은 이성민의 마법이 로이드가 간파하지 못할 정도로 수준이 높다는 것에 있었다.

"자네…… 언제부터 마법을……?"

로이드가 얼떨떨한 목소리로 물었지만, 이성민은 대답 대신에 희미한 미소만 지어 보였다.

곧 로이드는 괜한 것을 물었다는 생각에 헛기침을 뱉었다. 지금 중요한 것은 이성민이 마법을 쓰는 이유 따위가 아니었다.

로이드는 겉표지에 피딱지가 붙은 그리에스를 꺼내며 눈살을 찌푸렸다. 그는 로브의 소매로 그리에스의 피딱지를 벅벅 문지른 뒤에 혹시나 하는 마음에 펼쳐 내용을 확인했다. 하지만 변하는 것은 없었다. 그리에스의 두꺼운 책장에는 아무것도 적혀 있지 않았다.

로이드는 눈살을 찌푸리며 그리에스의 책장을 휘휘 넘기다가 덮어버렸다. 그러고는 그리에스에 일어난 이번에 관해 설명해 주었다.

이성민은 우두커니 서서 로이드의 이야기를 경청했다. 제니엘라를 시공간 밖으로 추방하는 것도 방법의 하나로 염두에 두고 있었다. 그것이 시도조차 되지 않았다는 것을 내심 의아하게 생각하고 있었는데, 설마 그리에스에 저런 이변이 생겼을 줄은 몰랐다.

"잠시 봐도 되겠습니까?"

이성민의 부탁에 로이드가 그리에스를 넘겨주었다. 이성민은 넘겨받은 그리에스의 겉표지를 손가락으로 훑었다.

손끝에서 흘려진 마력이 그리에스 안으로 스며들었다. 하지만 그리에스에 반응은 없었다. 이성민은 그리에스를 한 번 펼쳐보았다. 아무런 변화도 없었다.

'개입했군.'

이성민은 작게 혀를 찼다.

그리에스에 개입할 수 있는 존재는 신령이나 마령뿐이다. 여태까지 간섭하지 않던 그들이 이번 일에서 갑자기 간섭했다.

로이드의 말을 따르면, 숲의 언데드를 상대할 때에는 그리에스의 마법을 사용하는 것에 문제가 없었다고 했다. 하지만 제니엘라를 이 시공간에서 추방시키려 마음먹은 순간부터 그리에스를 사용할 수가 없게 되었다.

그것이 말하는 바는 명확했다. 신령은 제니엘라가 그런 식으로 퇴장하는 것을 바라지 않았다.

종언의 첫 번째 재앙이었던 김종현. 그가 준마왕으로 각성했을 때에는 그리에스로 그를 추방하는 것을 묵인하였으나, 제니엘라를 추방하려 했을 때는 직접 간섭하여 그리에스를 더이상 사용할 수 없게 만들었다.

"앞으로도 그리에스의 마법을 쓸 수 없다면…… 곤란해질걸세. 당장 우리가 알지 못하는 곳에서 어떤 일이 일어나는지 알 수 없게 되니까."

로이드가 걱정스러운 목소리로 중얼거렸다. 당연한 걱정이었다. 여태까지는 현상을 포착하는 그리에스의 힘으로 종언의 재앙에 대비해 왔다. 하지만 그리에스의 마법을 쓸 수가 없게 된다면, 당연히 사건을 포착하고 종언의 재앙에 대비하는 것도 하지 못하게 된다.

"아직 그리에스가 완전히 힘을 잃은 것이라 확신하는 것은 이릅니다."

이성민은 로이드를 안심시키기 위해 그런 말을 하며, 그리에스를 돌려주었다. 그러면서도 내심, 다시는 그리에스의 마법을 쓸 수 없을 것이라 확신했다.

"잠시."

이성민의 모습이 로이드의 시야에서 사라졌다. 둘을 감싸고 있던 공간 마법도 흩어졌다. 로이드는 어안이 벙벙한 얼굴로 주변을 둘러보았다. 하지만 그곳 어디에도 이성민의 모습은 없었다.

이성민은 숲을 빠져나온 뒤에 결계를 만들었다. 괜한 간섭을 받지 않기 위해서였다. 그리고 그는 언제나처럼 네블을 불러냈다.

"오랜만입니다."

하지만 이성민의 그림자에서 모습을 드러낸 것은 네블이 아니었다. 라플라스가 쓰고 있던 중절모를 벗으며 머리를 꾸벅 숙였다.

"이야기는 전해 들었습니다. 무사하신 것을 보면…… 그렇군요. 뱀파이어 퀸이 당신에게 쓰러진 겁니까?"

이성민은 대답하지 않았다. 라플라스는 이성민의 침묵에 의아하단 표정을 지으며 머리를 갸웃거렸다.

"저와 만나고 싶다고, 네블에게 부탁하셨단 이야기는 전해 들었습니다. 바로 어제 이성민 님이 저희와 거래하신 키메라의 혼은 꽤 진귀한 것이라, 저희 쪽의 다른 고객께서도 굉장히 만족을……."

"레메라우스인가?"

이성민이 침묵 끝에 입을 열었다.

라플라스의 입이 닫혔다.

"아니면 호메루소스?"

기억을 뒤졌다.

허주에게 죽은 드래곤. 그 드래곤은 너무 오만해서 그런 죽음을 맞이했지만, 그 오만함을 만들었던 것은 드래곤 중에서 특히나 강했던 힘 때문이었다. 힘이 오만을 만들었고, 오만하게 굴다가 개죽음을 맞았다.

죽었을 때의 기억을 떠올리지는 말자. 너무 기억에 심취해서는 안 된다.

서로 다른 기억이 뒤섞여 있는 것은 불쾌하고 역겨웠다. 나는 이성민인데, 기억은 혈마고, 사마련주고, 드래곤이다. 저 다른 세 가지의 기억은 어디까지나 정보로 써야 하지, 기억의 바다에 침식되어서는 안 된다.

"벨크라온인가? 그 셋 외에는 이거다 싶은 놈이 없군."

"……무슨 말을……."

"당신을 단말로써 쓰고 있는 드래곤 말이야."

이성민은 라플라스의 눈을 빤히 들여 보며 말했다. 그 말에 라플라스의 얼굴에서 표정이 사라졌다.

단말과의 연결이 끊어진 것은 아니다. 라플라스를 단말로 쓰고 있는 드래곤은, 이곳이 아닌 다른 차원에 있다. 아무리 이성민이 용언을 다룰 수 있게 되고 사마련주와 혈마의 무공을 대성했다고 해도, 어느 차원에 있는지 모를 드래곤에게 간섭하는 것은 불가능했다.

"이해하기 쉽게 해주지."

이성민은 그렇게 중얼거리며 자신의 머리에 손을 얹고, 입술을 열어 용언을 외었다.

그러자 아무 감정이 없던 라플라스의 두 눈이 바르르 떨렸다. 남아 있지 않은 드래곤의 이름을 말하고, 인간이 사용할 수 없는 용언을 외고. 묻고 싶은 것은 가득했지만, 굳이 질문할 필요는 없었다.

이성민의 손바닥 위에 자그마한 빛의 구체가 만들어졌다. 이성민은 그것을 라플라스에게 천천히 날려 보냈다. 라플라스는 공중에서 구체를 낚아채고서 자신의 이마로 가져갔다.

"……케이세로드?"

라플라스가 믿을 수 없다는 표정을 지으며 중얼거렸다. 라플라스가 말한 것은, 수백 년 전에 허주에게 죽었던 드래곤의 이름이었다.

"어떻게 이럴 수가…… 기억만이라고 해도…… 용언까지……?"

"워낙에 신기한 몸뚱이니까. 반응을 보니 안배했던 것은 아닌 모양이군."

이성민의 중얼거림에 라플라스가 헛웃음을 흘렸다. 그는 머리를 좌우로 흔들며 말했다.

"……기억을 가지고 있는 네가 가장 잘 알고 있겠지만……
케이세로드의 죽음은 그의 오만함 때문이었지, 드래곤의 안배
는 아니었다."

라플라스는 손에 들고 있던 중절모를 다시 머리 위에 얹었
다. 말투가 바뀌었다. 라플라스는 더 이상 이성민을 에레브리
사의 회원으로 생각하지 않았다.

"오랜만…… 이라고 할 수는 없겠군. 너는 케이세로드의 기
억을 가지고 있을 뿐, 그 본인은 아니니까. 아니…… 용언을 사
용하는 이상 드래곤이라고 해야 하나?"

"폴리모프 마법도 사용할 수 있기는 해. 불편하니 하고 싶지
않지만…… 그래서, 너는 누구냐?"

이성민은 케이세로드의 기억을 의식하지 않으며 질문했다.

"호메루소스."

그 이름을 들으니 의식하지 않으려 했던 기억이 떠오른다.
호메루소스. 가장 현명했던, 골드 드래곤의 로드.

"나를 불러내어 무엇을 묻고 싶었던 건가?"

"몇 번째냐?"

본래는 라플라스에게서 마령과 신령에 대한 정보를 들을 생
각이었다. 하지만 드래곤의 기억을 갖게 되니, 마령과 신령에
대한 것이 아닌 다른 것을 묻고 싶어졌다.

"……무슨 소리인가?"

"이 세상 말이야. 몇 번째지?"

그 질문에 라플라스의 표정이 딱딱하게 굳었다. 머뭇거리는 라플라스를 보며 이성민은 큭큭 웃었다.

"뭘 머뭇거리나, 호메루소스. 네가 무슨 말을 하든 간에 신령이나 마령이 개입할 일은 없어. 나는 이곳의 운명에서 완전히 벗어나 있으니까. 그리고 그들은 너희에게도 간섭할 수가 없지. 이전에야 확신이 없어 나에게 모호한 태도를 보인 것은 이해하지만…… 지금은 확신해도 좋다. 나는 그들의 개입을 받지 않는다."

"……세 번째다."

이성민의 재촉에, 라플라스가 한숨을 쉬며 대답했다.

"세 번째……."

이성민은 작은 목소리로 중얼거리며 자리에 털썩 앉았다.

"케이세로드는 이 세상에서 탈출하지 못했다."

이성민은 관자놀이를 꾹 눌렀다.

"케이세로드가 죽고서 백 년 전후로 이 세상의 드래곤들은 에리아에서 탈출했다. 세 번째라는 것은…… 너희가 탈출하고서, 관측한 숫자겠지."

"그래. 그 이전은 관측하지 못했다. 관측은 우리가 탈출한 뒤로 시작되었다. 이번 세상은…… 세 번째다."

이성민은 골몰히 생각에 잠겼다.

에리아. 이 거대한 실험장이 몇 번을 반복해 왔는지는 정확히 알 수가 없다.

반복되는 세상에서, 어느 정도는 역사가 반복된다. 지금의 세계. 이성민이 C급 용병이었던 전생. 그리고, 이성민이 알지 못하는 그 이전의 세계. 그 세계에서 에리아의 드래곤들은 이 세상이 종언의 운명 속에 있다는 것을 알아차렸고, 차원을 탈출했다.

멸망 뒤에 새로운 사육장이 열렸다. 그 세상에서도 드래곤은 존재했다. 드래곤이 '사라진다'. 종언을 알아차린 드래곤이 에리아를 '탈출한다'. 그 역사는 다시 반복된다.

실제로 이성민이 C급 용병으로 살았던 전생에서도, 드래곤은 에리아에 존재하지 않았다. 이번 세상도 마찬가지다.

"너에게 묻고 싶은 것은 이거야, 호메루소스. 지지난번의 세상에서 너는 에리아를 탈출했다. 그러면 저번 세상에서 에리아를 탈출한 호메루소스는 어떻게 되는 거냐. 이번 세상에서 에리아를 탈출한 호메루소스는?"

이성민은 타임 패러독스에 대해 질문하고 있었다.

"……나는, 지지난번의 나이고, 저번의 나이고, 이번의 나이기도 하지. 우리는 에리아를 탈출하며 육체를 봉인하고 의식체로 화(化)했다. 세 번이 반복되는 동안 세 명의 '나'는 하나의 의식으로 합일되었지."

"영원히 그런 꼴로 살 생각인가?"

"어쩔 수 없는 일이다. 이번 세상이 종언을 맞고, 다음 세상에서…… 우리는 이 세상에 간섭하지 못하고, 관측만 하게 될 것이다. 그리고 다음 세상의 드래곤이 에레브리사를 만들고, 에리아에서 탈출하여, '나'는 네 번째 '나'의 의식까지 받아들이겠지."

종언이 끝나지 않는 한 그것은 영원히 반복된다. 이성민은 호메루소스의 말을 듣고서 쯧 하고 혀를 찼다.

"그렇다면 이 방법은 못 쓰겠군."

"무슨 생각은 한 거냐?"

"드래곤이 했던 것처럼 이 세상을 탈출할 생각이었지. 하지만…… 불가능하겠군."

어느 정도 가능성이 있지 않을까 생각했고, 만약 가능하다면 에레브리사를 만든 드래곤들의 도움을 적극적으로 받을 생각이었다. 하지만 호메루소스의 말을 들어보니 그것은 불가능하다.

저 몇 번의 반복을 받아들이는 것은 드래곤이 무한한 시간을 살아가는 것에 맞는 끝없는 정신력을 가지고 있기 때문이다. 인간은 의식이 두 번 결합되는 것만 겪어도 정신이 붕괴되어 버릴 것이다.

육체를 포기하고 의식체로 화하지 않는 이상 타임 패러독스를 피할 방법은 없다. 게다가 에리아의 종언을 완전히 끝내지 않는 이상 몇 번이고 반복될 뿐이다.

"너희는 이 세상을 세 번이나 관측하고 있었잖아."

"……그렇지."

"적은 신령이냐, 마령이냐."

이번에도 호메루소스는 쉽사리 대답하지 못했다.

"……그건…… 솔직히 잘 모르겠다."

호메루소스가 고민 끝에 대답했다. 이성민은 그 말을 쉽사리 믿을 수가 없어서 그의 얼굴을 빤히 쳐다보았다.

호메루소스, 아니, 에리아를 탈출해 에레브리사를 만든 드래곤들은 세 번이나 이 세상을 관측하고 있었다.

"여태까지 봐왔을 것 아니야."

"그래서 더욱 알 수 없는 것이다. 이번이 아닌, 지지난번과 지난번에는 이렇게 변수가 많지 않았어. 이 시점에서 세상은 이미 멸망했어야 했다. 지지난번도, 지난번에도 그랬어."

"어떻게 멸망했지?"

그것에 대해서는 꽤 호기심이 일었다. 지지난번의 세상은 말할 것도 없고, 저번의 세상이 어떻게 멸망했는지도 모른다.

대답하기에 어려운 질문은 아니었다. 호메루소스가 입을 열었다.

"똑같다. 전생자가 관측점을 지나 종언의 운명을 일으키고,

얼마 지나지 않아서 전생자는 학살포식으로 각성했지. 전생자의 이름은 달랐지만, 결국 전생자는 학살포식으로 각성했다."

"그 외에 다른 재앙은 없었나?"

"안배는 되었지만 일어나지는 않았지. 이번이 굉장히 특이한 경우다. 보통은…… 종언을 알아차리지도 못해. 알지도 못하니 대응이 되지 않았지."

"특이한 경우…… 라고. 어느 정도나?"

이성민은 눈을 빛내며 그에 대해 질문했다. 지금 세상에서 이런 질문에 대답해 줄 수 있는 것은 눈앞에 있는 호메루소스뿐이었다.

세 번의 세상을 관측해 온 드래곤이라면 이번 세상이 이전의 세상과 비교해 무엇이 다른가를 확실히 알고 있을 것이다. 민감한 질문이겠지만 걱정할 필요는 없다.

이성민은 운명에서 탈출하여, 신령과 마령이 직접적으로 개입하지 못하는 존재가 되었다. 사마련주와 허주 때처럼 허무하게 힘이 사라지거나 갑작스러운 죽음을 맞을 걱정은 하지 않아도 된다. 그것은 이 세계를 탈출한 드래곤들도 마찬가지다.

신령과 마령이 사마련주나 허주에게서 힘을 빼앗을 수 있었던 것은, 그들이 이 세계를 완전히 관리하고 있기 때문이었다. 이 세계에서 태어난 이들은 그것만으로 세계의 운명에 속해 버린다. 신령과 마령은 그 운명을 직접 관장하고 있기에, 운명에

속한 이들은 그들의 간섭을 거부할 수가 없다.

하지만 그 운명에서 탈출하는 것에 성공한다면, 신령과 마령의 간섭은 신경 쓰지 않아도 된다.

지난번, 호메루소스가 라플라스라는 단말을 통해 처음 이성민과 접촉했을 때, 당시의 그는 이성민이 완전히 운명력에 탈출하였는지에 대해 확신하지 못하고 있었다. 아니, 사실 확신보다는 당시로써는 말해줘 봐야 별 의미가 없다고 생각했을 것이다. 그때의 이성민은 너무 약했었다.

"……음……."

기억을 더듬은 호메루스의 입이 열렸다.

"가장 먼저. 허주의 죽음이 다르다. 허주는 전과 지지난번 세상에서는 수백 년 전에 죽어 사라졌지만, 이번 세상에서는 육체가 죽고 혼만이 남았지."

그에 관한 이야기는 학살포식에게도 들었었다. 본래 허주는 소멸했어야 했지만, 이번에는 예외적으로 남았다. 전생자로 내정된 이성민이 너무 나약했기에, 그런 이성민의 부족함을 그런 식으로나마 메워줘야 했기 때문이다. 검은 심장이 이성민에게 주어진 것도 마찬가지였다.

"사마련주의 죽음도 다르다. 본래 그의 죽음은 자결이었어."

"……자결…… 했다고?"

"사마련주의 행보는 이번 세상에서 가장 큰 변화 중 하나였

네. 저번에도, 지지난번 세상에도. 그는 무욕(無慾)하고 무욕(無慾)적인 인물이었어. 전생자가 학살포식으로 각성하고 세상을 잡아먹기 시작할 때에도, 그는 폐관을 깨지 않았어. 그리고 자결했지."

말도 안 된다고 반문하려 했으나, 이성민은 사마련주가 어떤 인간이었는지를 떠올리며 입을 다물었다.

이성민은 사마련주의 기억을 그대로 가지고 있었다. 그렇기에, 그가 최후까지 가지고 있던 자기 파괴적인 충동을 모조리 이해하고 있었다. 이번 세상에서도…… 사마련주의 행동은 어찌 보면 자결과 똑같았다.

"김종현의 비중도 다르지. 본래의 그는 크게 두각을 보이지 않았다. 저번 세상에도, 지지난번 세상에도. 하지만 이번 세상에서는 프레데터에 들어가, 아르베스를 배신하고 그리모어의 주인이 되었지. 결국 그 힘으로 준마왕의 격까지 손에 넣었고."

당신을 만났기 때문입니다. 김종현이 웃으며 했던 말을 떠올렸다.

"학살포식 건은 말할 것도 없지. 저번 세상도, 지지난 세상도…… 종언의 실질적인 수행자는 학살포식이었네. 하지만 이번 세상에서는 학살포식이 너무 빨리 사라졌어."

"제니엘라는?"

"그녀도 마찬가지야."

호메루소스가 미간을 찡그렸다.

"그녀의 강함은 이상할 정도야. 지지난번과 지난번에도 제니엘라가 뱀파이어 퀸이기는 했지만, 그녀의 힘은…… 이번 세상에서 이룩한 힘에는 훨씬 미치지 못했어."

어느 정도 흐름이 잡히고 있었다. 이성민은 골몰히 생각에 잠겼다.

"……신령과 마령, 어느 쪽이 적인지도 모르고 있다고."

"그들의 존재가 이렇게까지 두각된 것은 이번 세상이야. ……애초에 이전 세상에서는 천외천이라는 단체도 존재하지 않았어."

"무신은?"

"천외천이라는 단체가 없었을 뿐, 그에 소속된 이들은 지난번과 지지난번에도 존재했네."

"야나는 있었나?"

"저번 세상에서도 야나는 어르무리를 지배하는 구미호였지. 종언의 때에 얼마 지나지 않아 학살포식에게 잡아먹혔지만……."

너무 많은 것이 다르다. 호메루소스와 학살포식이 말한 것처럼, 이번 세상에서는 변수가 너무 많았다.

"그리에스라는 마도서가 존재한 것도 이번이 처음이야. 본래는 그리모어뿐이었다."

아마 그럴 것이라고 생각했다. 엔비루스와 아벨이 종언을 미리 알고 행동할 수 있었던 것은 그리에스의 마법 덕분이었다. 무신과 육존자가 종언을 막으려 했던 것도 천외천이라는 단체로 묶여 있기 때문이었다.

"……위지호연은?"

이성민의 기억 속에, 위지호연은 저번 세상에도 있었다.

"그녀도 학살포식에게 살해되었었지. 이번 세상에서 위지호연의 운명은…… 마령의 간섭으로 크게 바뀌었네. 부조리할 정도의 재능에 운명의 가호까지 주어졌지."

위지호연은 마령이 준비한 조커였다. 이성민은 신령의 눈을 속이기 위한 버리는 패였다.

"저번 세상의 위지호연에게는 그런 가호가 없었다. 그녀는 학살포식과의 싸움에서 분전했지만, 오래 버티지 못하고 살해되었지. 지난번도, 지지난번도. 세상은 그렇게 멸망했다. 무신도 죽고 검선도 죽고 아벨도 카인도, 모두가 죽었지. 그러고서……"

"그러고서?"

"세상의 살아 있는 모든 것을 먹어치운 뒤에 학살포식은 사라졌다. 그리고 다시 시작되는 거야. 일정 수준의 문명을 가진 상태의 사람들이, 원래부터 이 세상에서 살고 있었다는 기억을 가진 상태로."

"이계인이라는 것도."

이성민은 피식 웃어버렸다.

아마, 처음으로 이 세상이 열렸을 때는 정말로 타 차원의 사람들을 무작위로 소환해 이 세상에 들여왔을 것이다. 어쩌면 지금도 그런 '진짜' 이계인들은 소환되고 있을지도 모른다.

하지만 종언이라는 결말을 맞고 새로 시작된 세상. 반복되는 역사를 살아가는 존재들.

이성민은 이 세상이 어떤 식으로 이루어지는지 이해했다. 단순 반복이다.

'마치 게임처럼.'

아주 먼 옛날에 했던, 싱글 게임들을 떠올렸다. 1회차, 2회차, 3회차. 그렇게 진행되는 게임은 수도 없이 많다. 한 번 엔딩을 본 뒤에 다시 처음부터 시작한다. 차이점은 스펙이 계승되지 않는다는 것 정도일까. 그 뒤에 다시 게임을 진행하는데, 어떤 게임들은 1회차와 2회차의 스토리가 조금 달라지곤 한다.

이 세계가 존재하는 목적은 이해하고 있다. 추측이라고는 하지만 제법 그럴듯했다. 완성된 기술을 손에 넣는 것. 에리아는 몇 번이나 반복해 왔고, 이 안에서 수십 수백만의 사람들은 다양한 기술을 익힌다. 무공과 마법, 그 외에도 많은 것들.

반복되는 역사 속에서 자그마한 변수들은 끝없이 있었을 것이다. 어쩌면 아주 조금, '다른 방식'으로 생각하는 것도 수천수만 번은 있었을 것이다. 그것이 아주 조금 '다른' 방향으로 무공을, 마법을, 기술을 나아가게 만든다.

가끔씩 소환되는 '진짜' 이계인들이 가진 '다른' 기술이 기존의 기술에 더해진다. 이 세상은 그렇게, '완전한 것'을 손에 넣기 위해 다가간다.

"네가 보기에는 어떻지?"

이성민은 앉아 있던 몸을 일으켰다. 듣고 싶은 것들은 대부분 들었다. 남은 것은 아주 작은, 개인적인 호기심이었다.

"내가 종언을 막을 수 있을까?"

"……모르겠군."

호메루소스가 머리를 가로저으며 대답했다.

"이번 세상에는 변수가 너무 많다. 이전과는 완전히 다른 흐름으로 가고 있어. 종언의 형태도 달라……. 그리에스의 존재도 그렇고. 그렇지만, 이전의 세상보다 희망적이라는 것은 사실이지. 이미 몇 번이나 종언의 재앙이 가로막혀 왔고, 너 말고 위지호연이라는 큰 변수도 있으니까. 단지……."

"마령을 신뢰할 수가 없다."

호메루소스가 머리를 끄덕거렸다. 이성민도 그 사실은 충분히 알고 있었다.

"이야기해 줘서 고마워. 대가가 필요한가?"

"……아니, 괜찮네. 이건 거래가 아니었으니까. 설마…… 케이세로드의 기억을 계승하였을 줄이야. 네 덕분에 조금 더 희망을 가져도 되겠어. 어쩌면 몇 번이나 반복해 온 종언이 끝나고, 우리도 더 이상 정신체로 묶이지 않아도 될지도 모르겠군."

"노력은 해볼게."

이성민은 그렇게 대답하면서 희미하게 웃었다.

"나는 케이세로드가 아니지만, 그의 기억을 가지고 대화를 하니…… 하하. 그립거나, 반갑거나. 그런 기분도 느껴지는군."

"정작 케이세로드 본인이었더라면 그런 기분은 느끼지 않았을 거다. 너는 케이세로드가 아니야."

이성민의 말에 호메루소스가 큭큭 웃었다.

"하지만 오만하고 멍청했던 케이세로드보다는 인간다운 네가 마음에 드는군."

호메루소스는 그 말을 하고서 그림자 속으로 사라졌다. 케이세로드의 기억이 아쉬움이라는 감정을 만들었다. 일시적인 기분일 뿐이었다.

'그럼 내가 흑룡협의 아버지인가?'

문득 그런 생각이 들었다. 다행스럽게도 그에 대해서는 케이세로드의 기억이 그 어떠한 감상도 내놓지 않았다. 애초에 그는 자신에게 반인반룡인 아들이 있다는 자각조차 없었기 때문이었다.

이성민은 케이세로드의 기억을 가지고 있는 인간이었을 뿐, 케이세로드 본인은 아니었다.

이성민은 그 자리에 서서 바로 숲으로 돌아가지는 않았다. 그는 천천히 머리를 돌려 숲을 보았다. 작은 고민이 들었다.

프라우가 했던 말을 떠올린다. 운명력에서 벗어난 너는, 그 행동으로 인해 주변의 모든 것을 불행하게 만든다는 말. 바위에 계란을 던지면 계란은 당연히 박살 난다는 말.

그 말대로였다. 이번에도, 결과적으로 이성민의 행동으로 인해 모두가 불행해졌다. 그들이 그것을 불행이라 여기지 않을진 몰라도, 이성민이 보기에는 그들은 불행해졌다. 눈이 뽑히고, 팔과 다리가 잘리고.

'더는 안 돼.'

괴물이 되지 않은 마음이 그렇게 말했다.

더는 슬픔을 느끼고 싶지 않았다. 누군가를 잃고 싶지도 않았다. 앞으로 어떤 일이 벌어질지 모른다. 그리에스도 없으니 대비조차 할 수 없다. 아무리 조심하고 준비해도 일어날 일은 일어난다. 이번에 창왕이 죽고, 모두가 상처를 입은 것처럼.

지긋지긋하고 싫었다. 슬픔을 느끼는 것도, 남겨지는 것도, 괜찮다고, 아무렇지 않다고 자위하는 것도. 그러니까 차라리.

'인사 정도는……'

할 수 없겠지. 이성민은 쓰게 웃었다. 다들 보내줄 리가 없었다. 스칼렛이 욕을 할 것이 뻔했고, 백소고가 어떤 표정을 지을지도 쉽게 상상할 수가 없었다. 흑룡협과 로이드도 인제 와서 물러서지는 않을 것이다. 그것을 알기에. 이성민은 인사를 하고 갈 수가 없었다.

그는 한 걸음 뒤로 물러섰다. 그리고 조금 미련이 남은 눈으로 숲을 보았다. 언젠가 다시 돌아올 수 있을까. 내가 잘할 수가 있을까. 앞으로 무엇을 할 수 있을까.

그런 불안함을 삼키고서, 이성민은 몸을 돌렸다.

'어디로 가야 할까.'

가봐야 할 곳은 이미 정해두었다.

라플라스, 아니, 호메루소스와의 대화를 통해서 이성민은 다양한 것을 알게 되었다. 저들은 거짓말을 하고 있지 않다. 드래곤들이 에레브리사를 만든 목적에는 그 어떤 속임수도 없다. 그들이 거짓말을 할 이유는 없었다.

이성민은 전생의 기억을 가지고 있었고, 이 세상이 멸망 후에 반복되고 있다는 것을 알고 있었다. 드래곤들은 타임 패러독스를 피하기 위해 육체를 버리고 정신체만을 남겼고, 이 세상이 반복되는 동안에는 정신체 신세를 벗어날 수가 없다.

그것은 끔찍한 일이다. 세 번의 세상이 반복되는 것을 보며 드래곤들도 슬슬 한계를 느끼고 있을 것이다. 아무리 드래곤이 무한한 시간을 사는 존재라지만, 세 번의 세상이 조금씩 다르게 되풀이되는 것을 관측하는 것은 맨정신으로는 못 할 짓이다.

'제니엘라의 강함은 이상할 정도야.'

호메루소스가 말했었다. '이번'의 제니엘라는 이전 세상과 비교해서 너무 강해졌다고. 이 경우에 생각할 수 있는 것은 하나뿐이었다.

이성민은 품에 넣어두었던 제니엘라의 영혼 구슬을 빼냈다. 제니엘라의 영혼은 그 안에서 온갖 감정으로 요동치고 있었다.

이성민은 영혼 구슬의 표면을 손톱으로 긁었다. 밀어 넣은 마력이 제니엘라의 혼을 자극했다.

[아아아아악!]

그것은 육체가 찢기는 것과는 비교가 안 될 정도의 끔찍한 고통이다. 이성민은 굳이 제니엘라에게 질문하지는 않았다. 제니엘라가 사실을 말하지 않으려 해도 사실을 말하게 할 자신은 있었지만, 그건 아무래도 비효율적이었다.

이성민의 마력이 제니엘라의 혼을 장악했다. 제니엘라의 혼이 발작하는 것을 멈추었다.

지금의 이성민은 제니엘라의 혼을 완전히 소유하고 있었다. 그는 그녀의 혼에 새겨진 기억을 뒤져 마령이나 신령과의 접촉을 찾아냈다.

'없군.'

파악은 빠르게 끝났다. 신령과 마령이 제니엘라와 직접 접촉한 적은 없다. 직접적인 접촉 없이 제니엘라의 힘은 빠르게 불어났다. 아무리 뱀파이어가 힘을 불리기 쉬운 개체라지만 힘의 상승이 너무 과하다.

'과연.'

이성민은 피식 웃었다.

'누군가'가 제니엘라가 뱀파이어로 변이했던 시점부터 그녀의 성장에 개입해 있었다. 이성민이 운명의 가호를 받아 성장하였듯, 제니엘라도 마찬가지였다. 미래안을 가지고 있던 그녀 역시 결국에는 마령과 신령 중 누군가의 꼭두각시에 지나지 않았던 것이다.

이성민은 요정마를 소환하려다 그만두었다. 여태까지 요긴하게 사용했지만, 지금의 이성민은 요정마를 탈 필요가 없었다.

공간 이동은 인간에게 허락되어 있지 않은 마법이다. 아무리 뛰어난 마법사라고 해도 단거리 공간 도약인 블링크를 쓰는 것이 한계다. 하지만 드래곤은 다르다. 용언은 그 어떤 마법 체계보다 우수하다. 이성민은 정신을 집중했다.

그는 케이세로드의 기억 중에서 공간 이동에 관한 기억을 끄집어냈다. 요정마의 공간 이동은 가고자 하는 장소를 떠올리는 것으로 충분했지만, 용언의 공간 이동은 공간 좌표를 필요로 한다. 아무래도 번거롭지만, 그만큼 안전하다. 제대로 된 공간 좌표를 써서 용언을 쓴다면, 요정마의 때처럼 공간의 틈 사이로 추락할 위험성은 없다.

이성민은 휴잴 산맥의 공간 좌표를 떠올렸다. 공간 이동을 자유롭게 사용하는 드래곤은 에리아 대부분의 포인트가 가진 좌표를 암기하고 있다.

그렇다고는 해도 수백 년 전의 좌표다. 이성민은 혹시 모를 일을 대비해 길가의 돌멩이를 하나 주워 공간 이동시켜 보았다. 돌멩이는 제대로 휴잴 산맥에 도착했다.

'마법사나 할 것을 그랬군.'

마법이 이렇게 편할 줄이야. 이럴 줄 알았더라면 므쉬의 산에서 창을 휘두르지 말고 스칼렛의 문하로 들어가 마법이나 배울 걸 그랬나?

뭐라는 거냐, 멍청한 새끼야. 네 머리로 마법은 무슨 마법? 그나마 몸 쓰는 일이라 이만큼 했던 거지. 허주라면 이렇게 이죽거렸을 것이다. 이성민은 욱신거리는 관자놀이를 꾹 눌렀다. 허주의 목소리가 아직도 기억에 생생했다.

이성민은 한숨을 푹 내쉬며 용언을 외었다. 가벼운 부유감의 끝에 발이 땅에 닿았다. 이 몸으로 처음 써본 공간 이동은 케이세로드의 기억 덕에 그리운 느낌마저 들었다.

이성민은 흑하고 숨을 삼키며 위를 올려 보았다. 까마득한 높이에 험준한 산세를 가진 휴잴 산맥이 보였다.

저곳은 특히나 요괴가 많은 남쪽에서도 포악하고 정신머리 없는 요괴들이 살아가는 곳이다. 어르무리가 지성 있고 교양 있는 요괴들이 살아가는 도시라면, 휴쨀 산맥은 그곳에서 어울려 살아가는 것이 불가능한 요괴들의 야생이었다.

마령과 접선할 수 있는 마령정은 저 산 어딘가에 있다. 다양한 기억을 가진 이성민도 마령정의 위치는 알고 있지 않았다.

하지만 크게 문제는 없었다. 이성민은 손목의 팔찌를 내려 보았다. 야나가 마령정으로 떠날 때, 스칼렛의 도움으로 만든 팔찌다. 역추적 기능 따위는 달려 있지 않았지만, 그 정도는 지금 당장에라도 보완할 수 있었다. 드래곤의 기억을 가진 이성민은 스칼렛 이상의 마법사였다.

저 높은 곳에서 야나가 감지되었다. 이성민은 주저 없이 흑뢰번천을 펼쳤다.

예전의 그는 마령정에 오려 하지 않았다. 마령과의 접촉이 어떤 인과를 만들어낼지 확신하지 못했기 때문이었다. 하지만 지금은 아니었다. 호메루소스와의 대화는 확신을 얻게 하기에 충분했다. 아니, 호메루소스와의 대화뿐만이 아니라. 여태까지의 모든 이들을 열린 오성으로 판단했다.

다른 이들이라면 모를까. 운명에 탈출한 이성민에게 있어서, 그들은 그리 대단한 존재가 아니었다.

뿌연 안개가 앞을 가로막았다. 이성민은 속도를 줄이고 안

개의 한가운데에 섰다.

야나의 위치가 느껴지지 않았다. 이성민은 손을 가볍게 휘둘렀다. 매서운 강풍을 일으켰지만, 안개는 사라지지 않았다. 그 뒤에 이성민은 오른발을 들어 올렸다.

쿠우우웅!

발을 내려찍자 공간이 크게 흔들렸다. 산봉우리가 통째로 주저앉을 기세였다.

안개가 요동쳤다. 이성민은 다시 한번 발을 들어 올렸다.

"그만."

다시 한번 발을 내리찍기 전이었다. 안개 너머에서 목소리가 들려왔다. 이성민은 땅에 닿기 직전이었던 발을 얌전히 내려놓았다.

"쓸데없는 현혹질은 그만두지. 아니면, 나를 평가하고 싶은 건가?"

안개 너머의 존재는 이성민의 질문에 대답하지 않았다. 이성민은 피식 웃으면서 힘을 일으켰다.

안개 무리가 파들거리며 떨렸다. 괴력난신과 프레셔가 공간 전체를 압박했다. 이성민은 보란 듯이 발을 들어 올렸다.

안개가 일순간에 사라졌다. 이성민은 호숫가 바로 앞에 있었다. 그는 놀라지 않고 호수의 중심에 서 있는 존재를 보았다.

야나. 그녀는 이성민이 알고 있던 야나가 아니었다.

이성민은 천천히 호수 위를 걸었다. 야나는 그곳에 가만히 서서 움직이지 않았다.

　"놀랍군, 아주 놀라워……."

　야나가 이성민이 알고 있는 목소리로 중얼거렸다. 그렇지만 그녀는 야나가 아니었다. 야나의 몸을 차지한 누군가가, 그녀의 입을 대신해 말하고 있을 뿐이었다.

　"놀랍고도 흥미로운 일이야. 이 세상이 몇 번이나 반복되었지만, 너와 같은 경우는 단 한 번도 없었다. 리치가 만든 심장은 가능성의 덩어리긴 했지만……."

　이성민은 호수 위에서 걸음을 멈추었다.

　야나의 몸을 차지하고 있는 것이 누구인지는 모른다. 신령인지, 아니면 마령인지. 단순하게 생각한다면 저것은 마령일 것이다. 이곳의 이름은 마령정이었고, 야나는 스스로 마령에게 힘을 받았다고 했다.

　"마령이냐."

　이성민은 야나의 얼굴을 보며 물었다.

　"아니면 신령이냐."

　그 질문에 야나의 입꼬리가 씰룩거렸다. 뜸을 들이는 대답에 이성민은 눈썹을 찡그렸다.

　"인제 와서 왜 이래?"

　이성민은 그렇게 물으면서 수면 위에 털썩 앉았다. 자그마한 파문이 일기는 했지만, 이성민의 몸은 물에 젖지 않았다.

"나를 노골적으로 불러냈으면, 그 이유를 말해줘야 할 것 아닌가?"

"너는 너무 조심스러웠지."

야나가 중얼거렸다.

"미련한 드래곤들이 괜한 말을 해서 네가 의심을 품게 해버렸다. 그때…… 네가 눈을 뜨고서 바로 이 산에 왔더라면 얼마나 좋았을까."

"나로서는 조심스러울 수밖에 없었지. 그때의 나는 너무 약했고, 아는 것도 없던 데다가, 머리도 잘 돌아가지 않았거든."

"지금이라면 조심하지 않아도 된다는 뜻인가?"

"관리자인 너희는 이 세계의 운명에서 벗어나 있는 나에게 직접적으로 개입하지 못해. 그렇다는 것은 이미 충분히 확신했어. 개입할 수 있었다면 이미 진즉에 했을 거다. 그리에스를 건드리고 제니엘라를 날뛰게 하는 등의 귀찮은 짓은 하지 않고 말이야."

이성민은 큭큭 웃으며 중얼거렸다.

"그리고, 내가 너무 멍청했던 것…… 그것을 너무 탓하지는 마. 내가 멍청한 것은 타고난 것이지만, 그런 멍청이를 고른 것은 다름 아닌 너 아닌가? 아니면, 너희라고 해야 하나?"

"이런 결과도 나쁘지는 않구나."

이성민의 이죽거림에 야나가 어깨를 으쓱거리며 대답했다.

"오성이 열린 덕에 이해가 빨라졌구나."

"그러니 답답하게 굴지 마. 우선, 자기소개부터 하는 것이 어떠냐. 너는 신령이냐? 아니면 마령이냐?"

"별 의미는 없는 이름이지만……. 마령이란다."

야나가 쓰게 웃으며 대답했다. 그러자 이성민은 작은 소리로 웃으며 머리를 끄덕거렸다.

"네가 마령의 이름을 댄 신령이 아닐까, 생각도 해보았지. 내가 소림에 있었을 적에, 불영 대사는 신령의 뜻이라며 나를 북쪽으로 인도했다. 하지만 그건 사실 신령이 아닌 마령이었어. 너희에게 있어서 이름이란 그런 것이지. 애초에 단순한 인간은 너희의 존재를 제대로 느끼지도 못해."

"상대는 소림의 불승이었다. 마령이라 하는 것보다는 신령이라 하는 편이 부려먹기에 편하지 않느냐."

확실히. 신령과 마령은 이름에서 전해지는 느낌부터가 다르다.

"쓸데없는 잔머리로군."

"기왕이면 지혜롭다고 하여라. 그리고 너무 적의는 갖지 말거라. 그래도, 나는 나름대로 최선을 다해 너를 도와왔단다."

"그건 알아."

마령이 도움을 줘왔음을 부정하지는 않는다. 적어도 이성민이 운명에 속해 있을 적에 살아남을 수 있었던 것은 마령이 부여한 운명력 때문이었다.

정신세계에서 학살포식에게 소멸당할 뻔했을 때도, 위지호연이 부탁했다고는 하지만 미스틸테인을 손에 쥘 수 있었기 때문에 학살포식을 소멸시킬 수가 있었다.

"미스틸테인을 주었던 것을 당시엔 굉장히 후회했단다."

마령이 고개를 흔들며 말했다.

"미스틸테인은 이 세상에 하나밖에 없는, 아주 많은 일을 할 수 있는 도구였다. 내가 신령과 반목하기 전에 몰래 이 세상에 심어두었지. 그 후 적절한 순간에 사용할 생각이었거늘……."

"그것으로 학살포식을 소멸시켰으면 된 일 아닌가? 아깝기는, 쪼잔하게."

이성민이 쏘아붙이자 야나의 말문이 막혔다.

"그리고 결론적으로는 미스틸테인을 사용해서 내가 살아남았고, 운명에서 벗어나 가장 큰 변수가 되었지. 지금의 나는 미스틸테인보다 더 많은 일을 할 수 있어."

"도구로써 활용은 힘들겠지만 말이다."

마령은 그렇게 중얼거리면서, 이성민처럼 수면 위에 털썩 앉았다.

"그리고, 미스틸테인 외에도 나는 많은 일을 했다. 네가 큰 변수가 된 후로, 어떻게든 네가 망가지지 않도록 최선을 다했지. 네 주변에 있는 이들이 사라지지 않은 것에는 내 노력도 들어가 있다."

"그것도 알아. 고맙다고 생각은 안 하지만. 네가 그렇게 하는 것은 나를 이용해 먹기 위해서 아닌가?"

"대놓고 물어볼 줄이야."

"뻔한 일이니까."

마령이 어이없다는 듯 중얼거리자, 이성민은 킬킬 웃었다.

"하지만 너보다 신령이 더 많은 일을 해온 것은 사실이지. 하지만, 아직 신령의 목적을 정확하게는 모르겠어. 왜 굳이 천외천을 만들었는지. 왜 그리에스를 만들어 카인과 아벨 형제가 종언에 대비하게 하였는지. 왜 제니엘라에게 힘을 주었는지."

"주도권을 잡은 쪽이 신령이기 때문이다."

마령이 힘없는 목소리로 대답했다.

"신령은 진즉부터 나를 의심하고 있었고, 이번 세상에서 대부분의 권한을 가지고 갔다. 덕분에 나는 마령정을 나올 수가 없는 몸이 되었지. 하지만 신령은 달라…… 놈은 제대로 된 육체를 갖고서 직접 움직이고 있다."

"영매냐, 월후냐?"

머릿속이 맑았다. 마령의 말은 곧바로 이해되었고, 이성민은 무엇을 질문해야 하는가에 대해 자연스럽게 알았다. 오성이 닫혀 있을 때와는 달랐다.

"……영매."

빠르게 묻는 질문에 마령이 얼떨떨한 목소리로 대답했다.

이성민은 영매와 직접 만난 적은 없지만, 영매에 대해서는 이런저런 이야기를 많이 들었다. 천외천의 시작은 무신이 영매와 만난 후부터였다. 무신의 뜻은 종언을 막는 것, 이라지만 무신은 결국 신령…… 영매의 꼭두각시다. 무신이 종언을 막겠답시고 해온 일들은 모두가 영매의 뜻에 지나지 않았다.

"왜 무신을 죽이지 않았지?"

이성민은 마령을 똑바로 바라보며 물었다.

10년 전, 위지호연은 꿈에서 부름을 받아 이곳에 왔었다. 그리고 이곳에서 무신과 만났고, 무신 역시 마령과 접촉했을 것이다.

"네가 마령정을 나올 수 없다는 것은 이해했다. 그런데 왜…… 마령정을 찾아온 무신을 죽이지 않은 거냐?"

"할 수 없었으니까."

마령이 힘없는 목소리로 대답했다.

"모든 존재는 자신의 역할을 가지고 있다. 균등하지는 않은 역할을……. 무신이 가진 역할과 운명은 신령의 보호를 받는 것이었고, 내가 개입할 수도 없었다."

"무력하군."

이성민이 이죽거렸다. 모욕적인 말이었지만 마령은 그 모욕을 받아들일 수밖에 없었다.

결국 그는 무신에게도 거짓말을 한 적이 없었다. 무신이 마령에게 당신이 종언의 사도인 것이냐 물었을 때, 마령은 자신은 사도가 아니라 간섭하여 길을 제시해 주는 존재일 뿐이라 대답했었다.

그리고 무신이 자신의 역할에 대해 물었을 때도, 마령은 자신이 무신의 길을 제시해 줄 수 없다고 대답했었다.

'만약 그때 마령이 무신을 죽였더라면.'

순간 그런 생각이 들었지만, 이성민은 그 생각에 휘둘리지 않았다. 만약 무신이 그때 죽었어도, 어떤 식으로든 사마련주는 죽었을 것이다.

오히려 무신과의 싸움이 사마련주에게는 득이었다. 그와의 싸움 덕에, 사마련주는 자신이 고금제일인임을 확신했고 가장 큰 미련을 버릴 수 있었다.

"신령의 목적은 뭐지?"

줄곧 품고 있던 의문이다. 이성민이 가진 그 누구의 기억으로도 이 질문의 대답은 구할 수가 없었다. 하지만 지금은 그 질문에 대답해 줄 수 있는 존재가 바로 앞에 있었다.

"……이번 세상에는 변수가 많았다."

마령이 중얼거렸다.

"내가 의도했던 변수도 있었지만, 지금의 세상은 애초에 의도했던 것보다는 너무 많은 변수를 안게 되었어."

"나는 에레브리사의 드래곤들과 접촉했다."

그 말에 야나의 눈썹이 꿈틀거렸다. 이성민이 용언을 습득하고, 에리아 탈출에 성공한 드래곤들과 접촉하는 것은 그 누구의 안배도 아니었다. 우연과 우연이 거듭되어 만들어진 결과일 뿐이었다.

"그들에게서 많은 것을 들었지. 이번의 세상이 저번과 지지난번의 세상과 비교해서 많이 다르다는 것."

"……달라질 수밖에. 저번 세상까지 나는 신령과 협력하고 있었다."

"왜 신령을 배신했지?"

"므쉬와 데니르가 회의감을 품은 것과 같다. 이 세상은 몇 번이나 반복되었고…… 우리는 기계적으로 그것을 지켜보아왔다. 나는 몇 번이나 문명의 시작을 보았고, 문명의 끝을 보았다. 거의 변하지 않는 결말과 그 안에서 허무하게 죽어가는 이들을 보았지."

"동정심이라도 품은 모양이군."

"우리는 완벽한 존재가 아니야……."

마령이 쓴웃음을 지으며 중얼거렸다.

"작은 흔들림이 시작이었다. 그것이 커다란 괴리감을 낳았을 뿐이지. 인제 그만 끝내고 싶었을 뿐이다. 물론, 몇 번이고 죽고 사는 것을 반복하는 이 세상을 구원하고 싶다는…… 그런 이유가 전부는 아니었다. 너는 내가 얼마나 오랜 시간 동안 이 일을 반복해 오고 있다고 생각하느냐.”

므쉬와 데니르 같은 신들의 기억은, 세상이 멸망하고 새로운 세상이 시작되는 시점에서 리셋된다.

오슬라와 사라헨느 같은 초월적인 존재들은 새로운 세상이 시작되면 이 세상을 떠나게 된다. 만약 다음 세상이 열리게 된다면, 새로운 정령의 여왕과 요정의 여왕이 이 세상에 속하게 될 것이다.

하지만 신령과 마령은 아니다. 그들은 이 세상의 관리자로서, 몇 번이나 반복되는 기억들을 그대로 가지고 있다. 마령이 종언을 끝내고 싶었던 것은 그 지긋지긋한 반복에서 탈출하고 싶은 사심도 상당 부분 있을 것이다.

“신령을 설득하는 것은 불가능했나?”

“그랬더라면 이런 번거로운 일을 하지도 않았겠지. 오히려 내 행동이 신령을 자극해 버렸어. 내가 끝을 내고자 만들었던 변수가, 신령의 의욕을 끌어올렸지. 수없는 반복 중에서 이번만큼 다름이 있던 것은 처음이다. 그 덕분에 신령도 적극적으로 세상에 개입하고 있지.”

그리에스의 존재. 과한 힘을 손에 넣은 제니엘라. 천외천. 신령의 행동이 달라졌음은 당장 천외천이라는 조직만 보아도 알 수가 있다.

"본래 이 시점에서 종언은 모든 것을 끝냈어야 했어."

하지만 끝나지 않았다.

"신령은 이 세상의 너무 많은 변수. 그것으로 인해 만들어지는 무수한 가능성에 대해 주목했다. 그는 당장 세상을 멸망시키는 것보다는, '극복할 수 있을 만한' 재앙을 주는 것에 주력했지. 그리에스라는 마도서는 그를 위해 안배되었다. 종언의 운명을 알게 된 인간들은 종언을 막기 위해 주력했지. 결과적으로 신령의 의도는 성공했다."

운명에서 도망친 카인과는 다르게, 동생인 아벨은 적극적으로 운명에 맞서는 것을 선택했다. 그는 종언의 운명에서 벗어나기 위해 행동했지만, 결과적으로는……

"신령의 안배였군."

이성민은 작은 목소리로 중얼거렸다. 그리에스의 마법을 통해 운명을 바꾸는 것 따위는 처음부터 불가능했다.

이성민은 아벨의 모습을 떠올렸다. 개죽음이었다는 말이지. 자신도 모르게 힘이 들어간 주먹에서 피가 뚝뚝 떨어졌다.

"정해진 결말을 알게 된 존재는…… 둘 중 하나지. 발악하든가, 포기하든가. 신령이 주목하는 것은 물론, 발악하는 쪽이었다. 그 발악은 운명을 바꾸지는 못했지만, 이전과는 다른 역사를 만들었다. 네 말대로 에리아의 존재 목적은 완성된 기술을 손에 넣는 것이다. 그리고 이 세상은…… 아주 많은 이들의 조력하에 이루어져 있지."

"……정령과 요정?"

"그 외에도. 이만한 세상을 구성하고, 그것을 몇 번이나 반복시키는 것에 얼마나 많은 힘이 필요할 것이라 생각하나? 그리고 이 세상을 지탱하는 것이, 정말로 나와 신령 둘뿐이라고 생각했나? 그건 불가능한 일이야. 우리는 어디까지나 관리자일 뿐이니."

"……대마계."

마령의 자조 어린 중얼거림을 들으며, 이성민은 김종현과의 대화를 떠올렸다. 김종현은 마령이나 신령과 접촉하지 않고서도 에리아의 진실을 알고 있었다. 김종현이 그 허락되지 않은 지식을 손에 넣을 수 있었던 것은, 그가 준마왕이 되면서 타차원의 진짜 마왕들과 접촉한 덕분이었다.

"그들 역시 이 세계의 구성에 상당 부분 힘을 보태주고 있지. 이 '실험장'은 그런 '투자자'들을 위한 것이다."

"투자자라니."

마령의 비유에 이성민은 헛웃음을 흘렸다. 하지만 꽤 어울리는 말이었다. 그들 역시 원하는 것이 있어 이 세상에 힘을 보태고 있는 것일 테니.

"그리모어는 대마계가 심어놓은, 그들을 위한 가능성이다. 몇 번의 반복 중에서 이 실험장의 모르모트가 그리모어를 사용해 마왕으로 각성한 것은 처음이었지만. 만약 김종현의 의도가 성공했더라면, 대마계는 이 거대한 실험장을 통째로 식민지로 삼는 것에 성공했겠지."

"……너는 가능성에 대해서 말했었다."

이성민은 손에 묻은 피를 바짓단에 벅벅 문질러 닦았다.

"종언을 맞닥뜨린 우리가 발악하는 것이, 그 가능성이라는 말이냐."

"사마련주를 떠올려라."

그리고 창왕도.

"허주야 여태까지의 반복 속에서 그런 결말이 정해져 있는 녀석이었지만, 사마련주와 창왕은 아니었다. 그들은 여태까지 '인간'을 벗어나지 못하고 죽었다. 하지만 이번에는…… 변수의 반복 덕에 그들은 인간을 초월했지. 그들은 이 세상을 탈출하는 것에 성공했지만, 그들이 이룩한 '기술'은 이 세상에 기록되어 있어."

신령의 의도는 성공했다. 이성민은 그 사실을 되새기며 쓰게 웃었다. 종언에서 벗어나고자 한 발악들. 그것이 변수가 되고 가능성이 되었다.

"……외길은 뭐냐."

"외길?"

이성민의 중얼거림에 마령이 머리를 갸웃거렸다. 아무래도 그것을 잘 이해하지 못한 모양이었다.

이성민은 마령에게 사마련주와 허주, 창왕이 보고 떠났던 외길에 대해 말했다. 모든 이야기를 들은 마령이 한숨을 쉬며 말했다.

"투신전(鬪神傳)."

"……투신전……?"

"본래 인간은 필멸의 굴레를 벗어나는 것이 불가능했다. 하지만 다른 차원에서, 어떠한 인간이 필멸의 굴레를 벗어났을 뿐만 아니라 완전무결한 절대의 권능까지 손에 넣었지. 그 존재는 모든 차원의 전례가 되었고, 그를 시작으로 하여 각 차원에서 드물게나마 필멸의 굴레를 벗어나는 존재들이 생겨났다. 그리고 그들은…… 육체에 구애받지 않고, 거대한 세계에 의식이 연결되었지. 그게 바로 투신전이다. 그것이 외길의 형태를 가졌는지는 몰랐다만."

허주가 남긴 말을 떠올렸다. 언젠가, 그곳에서 다시 보자는 말을.

"신령은 이미 얻을 수 있는 모든 것을 얻었다. 그리고…… 머지않아서 모든 것이 끝나겠지."

마령은 힘없는 목소리로 중얼거렸다. 이성민은 무력감에 젖은 마령의 목소리를 들으며 까득 이를 갈았다.

그는 성큼성큼 다가가 마령의 어깨를 잡았다.

"아직 듣지 못했다."

이성민은 마령의 얼굴을 노려보았다. 야나의 얼굴. 그것을 바라보고 있으니 가슴 한구석이 욱신거렸다. 야나가 이성민에게 맹목적이었던 것은, 이성민의 안에 있는 허주를 연모했기 때문이었다.

"네가 야나를 이곳에 묶어두면서까지 나를 불러들인 이유."

"이렇게라도 하지 않았으면 오지 않았을 테니⋯⋯."

"그 이유를 말해."

어렴풋이 예상은 하고 있었다. 확실한 답이 필요했을 뿐이다.

마령에게 있어서 이성민은 중요한 존재가 아니다. 처음부터 마령이 안배했던 것은.

"위지호연은 어떻게 된 거지?"

내뱉은 목소리가 싸늘했다. 감정이 부글부글 끓으려 했다. 이성민이 마령을 노려보았다. 마령은 노려보는 시선을 피하며 대답했다.

"⋯⋯이 역시 신령의 의도였을까."

"말해."

"⋯⋯정령의 여왕이 갑작스레 세상에 강림하려 하면서. 위지호연은 차원의 틈 사이로 떨어졌다. 그리고⋯⋯ 나의 가호에서 벗어났지. 나는 이곳에서 나갈 수가 없었지만, 신령은 달랐어."

더 들을 것도 없다.

이성민이 마령의 어깨를 놓았다.

그는 허탈한 웃음을 흘리며 하늘을 올려 보았다. 새카만 공간을 떠돌던 위지호연의 모습을 떠올린다. 그녀답지 않게 약해진 마음으로, 어깨를 떨던 모습을. 손을 뻗어도 닿지 않던 그 순간을. 너를 믿는다며 중얼거리던 목소리를.

"……위지호연이 신령의 뜻을 거역할 수는 없나?"

"불가능해……. 위지호연의 존재는 고정되어 있다. 이 세상의 존재는 초월적인 힘을 얻는 것이 허락되어 있지 않아. 그만한 격을 갖추게 되면 강제적으로 세상에서 추방되지. 아니면 투신전으로 향하게 되든가."

그것을 막기 위해, 마령은 위지호연의 존재를 이 세상에 고정했다. 아무리 강한 힘을 손에 넣는다 해도 위지호연은 이 세상에서 추방되지도, 투신전으로 가지도 못한다. 결과적으로 그것은 위지호연이 가진 힘에 비해 낮은 격을 갖게 만들었다.

"거역하는 것은 불가능해."

"……하하……."

이성민은 허탈한 웃음을 흘렸다.

마왕 김종현은 세상에서 추방되었다. 정령의 여왕이 소멸했다. 뱀파이어 퀸은 패배했다. 모든 던전이 닫혔다.

다음은 뭘까. 항상 생각해 왔다. 앞으로 무엇이 찾아올지 모른다는 것은 이성민에게 미지의 공포를 안겨주고는 했었다.

그리고 이제, 다음이 무엇인지 알게 되었다.

"그래……."

위지호연이 웃는 모습을 떠올렸다. 절망해서는 안 된다. 이성민은 동요를 가라앉혔다.

"마지막 질문이다."

이성민은 그렇게 중얼거리며 품 안에서 열쇠를 꺼냈다.

"이건 대체 뭐냐?"

감은 눈을 떴다.

야나는 멍한 표정으로 앞을 보았다. 물안개가 축축했다. 그녀는 몸을 일으켜 주변을 둘러보았다.

마령정에 들어온 이후의 기억이 없다. 그것에 야나는 적잖게 당황했지만, 그녀를 더욱 놀라게 한 것은 곁에 있는 이성민의 존재였다. 야나는 화들짝 놀라 뒷걸음질쳤다.

"안녕."

이성민은 쓸쓸한 미소를 지으며 손을 들어 야나에게 인사했다. 야나는 두 눈을 깜박거리며 이성민의 얼굴을 멍하니 보았다.

묻고 싶은 것이 산더미였다. 왜 당신이 이곳에? 무슨 일이 있었던 거죠?

야나가 그것에 대해 묻기도 전에, 이성민이 들었던 손을 접었다. 자그마한 빛의 구슬이 형성되었다.

"봐."

이성민은 많은 말을 하지 않았다. 말하는 것보다는, 직접 보여주는 편이 나으리라 생각했다.

구슬이 야나에게 향했다. 야나는 얼떨떨한 표정으로 손을 뻗어 그 구슬을 받았다.

"……아."

그리고, 야나의 표정이 굳었다.

이성민은 자신의 기억 일부를 야나에게 전해주었다. 그 기억에는, 야나가 묻고자 했던 모든 것의 답이 있었다.

야나의 어깨가 바르르 떨렸다. 무슨 일이 있었는지 알았다. 제니엘라가 숲을 습격하고, 허주가, 허주가…….

"아…… 아아……."

야나는 양손으로 얼굴을 덮었다. 흐느끼며 오열하는 야나를 보며 이성민은 한숨을 삼켰다.

'개새끼.'

그는 떠나 버린 허주를 떠올리며 욕을 뱉었다. 인제 와서 생각해 보면, 허주는…… 떠나면서 야나에게 아무런 인사도 남기지 않았다.

허주답다면 허주다운 일이었다. 허주와 야나의 관계는 언제나 야나가 맹목적이었다. 허주는 맹목적인 야나에게 그 어떤 감정도 내보이지 않았고, 소멸하면서도 야나에게 어떠한 말도 남기지 않았다.

그래서, 이성민은 아무런 말도 할 수가 없었다. 무릎 꿇고 오열하는 야나를 위로해 주고 싶어도 그럴 만한 자격이 없었다.

"원망…… 하지…… 않, 않습니다……."

흐느끼던 야나가 입을 열었다. 울먹거리는 목소리로 말하며 야나는 머리를 푹 숙였다.

"그분이…… 원하던 것이었으니까요. 저, 저는. 욕심을 부리지 않아요."

그래도 눈물이 멈추지 않았다.

'개새끼.'

이성민은 다시 한번, 듣고 있지 않을 허주에게 욕설을 뱉었다. 그래도, 마지막이니까 무슨 말이라도 남기고 갔으면 얼마나 좋아.

"만족…… 하셨나요?"

야나가 숙이고 있던 머리를 들었다. 아름답던 얼굴이 눈물로 범벅되어 있었다. 야나는 훌쩍거림을 삼키며 손등으로 눈가를 벅벅 문질렀다.

"그분은…… 마지막까지, 만족하셨나요……?"

"……네."

이성민은 머리를 끄덕거리며 대답했다. 그에 대해서는 야나도 이미 알고 있었다. 이성민이 보여준 기억에는, 앞으로에 대한 기대에 흥분한 허주의 웃음소리도 있었으니까.

그럼에도 야나는 저렇게 물을 수밖에 없었다. 저렇게나마 확인을 받고 싶었다. 허주가 떠나면서, 자신에게 아무런 말도 남기지 않았다는 것에 불쾌하지는 않다. 자신의 처지가 비참하다는 생각도 하지 않았다. 그는, 원래 그런…… 요괴였다. 자기 멋대로고, 남을 배려하지 않고.

'그래도…… 그래도.'

알고는 있었다. 애당초 허주는 야나를 기억도 하지 못했다. 힘없는 여우였던 야나를 구했던 것은, 허주에게 있어서는 대수로울 것도 없는 사건이었다. 그 날 기분에 따라 벌였던 자그마한 선행이었을 뿐이다. 그것을 두고서 대단한 인연처럼 품었던 것은 야나뿐이었다.

"그렇다면…… 괜찮아요……."

괜찮지 않다. 왜 내가 아닌 걸까. 그런 원망은, 의식하지 않으려 해도 있었다. 저 인간을 아껴준 것처럼 왜 나를 아껴주지 않은 것일까.

'왜, 왜…….'

야나는 아랫입술을 잘근 씹었다. 자신이 품은 못난 생각을 꾹 눌렀다. 비록 허주는 아무 말도 남기지 않았지만. 야나는 그를 원망하지 않았다. 눈앞에 있는 이성민에 대한 질투도 겉으로 내색하지 않았다. 허주가 그것을 바라지 않는다는 것을 알았기에.

야나는 다시 머리를 숙였다. 그리고 다시 울었다.

[이해가 안 되는군.]

괜찮다고 등을 떠미는 말에, 이성민은 혼자 마령정을 떠났다. 마령은 그런 이성민의 머리에 대고서 중얼거렸다.

[차라리 아무 말도 하지 않고 떠나는 편이 낫지 않았나?]

'미안하잖아.'

[네가 미안할 것이 뭐가 있지? 아무 말도 하지 않고 떠난 것은 허주다. 왜 네가 둘 사이에 껴서 감정 소모를 하는 거냐?]

'내가 원해서 한 일이야. 괜히 지랄하지 마. 떼어놓고 가기 전에.'

[너무하는군.]

'지금의 너는 나에게 별 도움이 안 돼. 아니면 미스틸테인 같은 것이라도 주던가.'

그렇게 요구하자, 마령이 머릿속에서 헛웃음을 흘렸다.

[그런 것이 또 있을 리가 없잖나.]

이성민은 마령의 말을 무시하고서 공간 이동을 준비했다. 기억을 뒤지던 중, 이성민의 표정이 살짝 굳었다.

'좌표가 없어?'

잠자는 숲의 좌표가 없다. 다시 한번 기억을 뒤져보았지만, 케이세로드의 기억 속에 잠자는 숲 근처 마을의 공간 좌표는 존재하지 않았다.

요정마를 타고 가볼까 했지만, 요정마는 소환되지 않았다. 아무래도 마령과 이야기를 하는 중에, 오슬라가 이성민에게서 요정마를 빼앗은 듯했다.

"화가 단단히 난 모양이군."

이성민은 숲에 두고 온 이들을 떠올리면서 쓰게 웃었다. 그렇다고 방법이 없는 것은 아니었다. 조금 떨어진 곳이기는 하지만 근처에 도시가 있다. 이성민은 그곳을 목표로 하고서 공간 이동을 펼쳤다.

[놀랍군…….]

완벽하게 펼쳐진 공간 이동에 마령이 감탄을 흘렸다. 그는 이성민에게 일어난 대부분의 일을 이해하고는 있었지만, 이렇게 완벽하게 용언 마법을 다루는 것을 보니 감탄이 나올 수밖에 없었다.

[너에게 펼쳐진 일은 내 의도가 아니었다. 이건…… 우연이라고 해야 할지, 기적이라고 해야 할지. 너를 학살포식으로 만들기 위해 주었던 검은 심장이었는데…….]

이성민은 마령의 중얼거림을 무시하며 도시 안으로 들어갔다.

[바로 숲으로 가지 않는 건가?]

마령이 물었다.

위지호연과 만나기 위해서는 잠자는 숲 안으로 들어가야 한다. 들어간다고 해서 위지호연이 있는 공간으로 들어갈 수 있는지는 솔직히 의문이었으나, 그렇다고 숲에 가지 않을 수도 없는 노릇이었다.

'해야 할 일이 있어.'

위지호연에 대한 생각을 할수록 가슴이 욱신거렸다. 제니엘라와의 싸움을 대비했을 때와 마찬가지로 막막한 기분이 들었다.

오히려 상황은 지금이 더 좋지 않았다. 제니엘라와의 싸움을 준비했을 때에는, 그래도 할 수 있는 것들이 있었다. 아이네의 심장을 포식해서 육체를 강화했고, 오슬라의 가호를 받았고, 숲에 있는 동료들의 도움을 받았다. 하지만 이번에는 아무것도 없다.

가능하다면, 위지호연과의 싸움을 피하고 싶다. 불가능하다. 신령과 이어진 위지호연은…… 내버려 두지 않는다면 종언의 재앙으로서 움직일 것이다. 사실 지금 시점에서 위지호연은 이미 종언의 재앙이 되었다.

"멍청한 새끼."

이성민은 거리를 걸으며 중얼거렸다. 마령에게 내뱉는 말이었다. 대뜸 욕을 먹었지만 마령은 반박하지 못했다.

마령이라고 해서 이런 상황을 예상한 것은 아니었다. 안배했다고 해서 모든 것이 계획대로 이루어지지는 않는다. 마령은 최선을 다해 위지호연을 제련했다. 그녀에게 부조리할 정도의 재능을 부여했고, 패왕의 운명을 주었다. 위지호연은 안배대로 성장했다. 변수를 모조리 체크하고 대응하지 못했을 뿐.

학살포식의 출현이 예정보다 빨랐던 것. 그리고 미스틸테인을 너무 허무하게 소모해 버린 것. 그 모든 것이 쌓이고 쌓여 이런 결과를 만들었다. 정령의 여왕을 빠르게 소멸시키지 못한 탓에 발악하게 두었고, 갑작스러운 차원 연결로 위지호연이 차원의 틈에 빠져 버렸다.

그것은 결국 마령의 무능함 때문이었다. 이성민은 반발하지 않는 마령을 무시하고서 품 안에 넣은 열쇠를 움켜쥐었다.

이 열쇠가 무엇인지는 마령에게 들었다. 하지만 이성민이 이 열쇠를 사용할 수 있는 방법은, 적어도 지금으로써는 존재하지 않았다. 본래 이 열쇠가 전생자의 손에 들어오는 것 자체가 이번 세상의 가장 큰 오류 중 하나였다.

[그 오류를 만든 것이 나지.]

무능하다고 쏘아붙인 것에 대한 항변일까. 마령이 기회를 놓치지 않고서 말했다.

'그러면 뭐 해? 당장 쓸 수도 없는데.'

마령이 다시 입을 다물었다. 이성민은 걸음을 멈추었다. 그는 주변을 둘러보면서 잠시 고민에 빠졌다.

잠자코 입을 다물고 있던 마령은, 도저히 알 수가 없어서 질문했다.

[뭘 하려는 거냐?]

'고르고 있잖아.'

지금 이성민은 여관이 즐비한 거리 한가운데에 서 있었다. 그는 줄지어 있는 여관들을 살피면서 어느 여관으로 들어갈지 진지하게 고민하기 시작했다.

[숲에 가기 전에 휴식을 취하려는 건가? 아무 곳이나 상관 없······.]

'아니, 휴식이 아니야.'

물론 휴식의 필요성도 느끼고 있었다. 인제 와서 명상을 한들 뭔가를 얻게 될 것 같지는 않았지만, 마지막이라는 심정으로 복기는 해야 할 것 같았다.

[명상은 중요하지. 투신전을 만든, 인간으로서 처음으로 절대의 영역에 도달한 존재는 깊은 명상으로 필멸의 굴레를 벗어던졌으니.]

'어느 세상의 대단한 놈인지는 모르겠지만, 나는 무리야.'

닫힌 오성이 열렸다고 어마어마한 재능이 생겼다는 뜻은 아니다. 사실 이성민의 열린 오성이라고 해봐야 위지호연이 13살에 가지고 있던 오성과 비교해서 크게 나을 것은 없다.

13살의 위지호연은 구천무극창을 이성민에게 맞게 뜯어고쳤는데, 이성민이 제니엘라와 싸우던 중에 구천무극창의 구결을 바꾼 것은 고작해야 그 정도 수준에 지나지 않았다.

그래도, 이성민에게는 지식이 있다.

"정했다."

장고 끝에 여관을 골랐다. 이성민은 크게 심호흡을 하고서 여관으로 들어갔다.

정한 이유는 별것 없었다. 이 여관을 오가는 손님의 행색이 다른 여관보다 깔끔하고 고급스러웠기 때문이었다.

"하루 묵겠습니다."

다가온 여관 주인에게 그렇게 말하면서, 이성민은 방값을 치렀다. 여관 주인이 방을 안내하려 했지만, 이성민은 머리를 가로저었다. 그것보다 먼저 해야 할 일이 있다.

"……화장실이 어딥니까?"

허주와 했던 약속을 지켜야 했다.

"이곳인가."

무신은 근엄한 표정으로 중얼거렸다. 그는 도시의 높다란 성문을 바라보며 하나밖에 없는 손으로 뒷짐을 졌다. 월후는 무신의 곁에서 살짝 머리를 끄덕거렸다.

"예. 이 도시야말로 동생이 말한, 종언의 재앙이 숨은 곳입니다."

그 말에 무신은 주먹을 꽉 쥐며 머리를 끄덕거렸다. 줄곧 함께 여행하고 있던 영매는, 오늘 이곳에 함께 오지는 못했다. 영매는 그것이 신령의 뜻이라고 했고, 무신은 그 말을 의심하지 않았다.

"저 넓은 도시 어디에 놈이 있다는 말인가?"

"조급해하지 마십시오, 무신. 당신이 굳이 찾으러 나설 필요도 없습니다."

월후가 머리를 살짝 숙이며 말했다.

"당신이 힘을 풀어낸다면, 그쪽에서 당신을 공격하기 위해 모습을 드러낼 것입니다."

"……흠……."

무신은 가슴이 조금 두근거리는 것을 느꼈다.

사마련주에게 패배를 겪은 이후의 폐관 수련. 10년에 걸친 폐관 끝에 다시 세상으로 나왔으나, 무신은 아직까지 제대로 된 적수와 싸워보지 못했다.

종언을 물리치고자 수행했음에도 종언의 재앙과 맞서지 못했다는 것이 여태까지 무신을 언짢게 해왔다. 정령의 여왕과 싸워보고 싶었다. 뱀파이어 퀸과도 싸워보고 싶었다. 하지만 마음대로 할 수가 없었다.

신령의 목소리를 듣는 영매는, 무신의 투지에 항상 찬물을 끼얹었다. 아직은 때가 아닙니다. 무신은 영매의 말에 반박할 수가 없었다.

그러나 오늘은 아니다. 영매가 싸움을 허락했다. 드디어, 종언의 재앙을 물리칠 수 있다. 무신은 기대감을 가지고서 힘을 끌어냈다.

"……일천이의 제자라고 하였지?"

스승과 제자가 사이좋게 종언의 재앙이 될 줄이야. 무신이 중얼거리자 월후가 머리를 끄덕거렸다.

"예. 방심하지 마십시오, 무신. 10년 전의 그라면 결코 당신의 적이 되지 못할 터나, 마황의 제자는 10년이라는 시간 동안 인간의 길을 벗어난 괴물이 되었습니다."

"그렇다면 더욱 내가 죽여야 한다."

무신이 힘을 주어 내뱉었다.

"무(武)를 버리고 잡스러운 요마의 힘에 취하다니……. 죽은 일천이가 저승에서 통곡하겠구나."

6장
무신(1)

[미…… 친놈…….]

마령이 더듬거리며 중얼거렸다. 영겁의 세월을 살며 반복되는 세상을 지켜봐 온 그였지만, 조금 전에 이성민이 벌인 일은 마령의 말문을 막히게 했다.

이성민은 똥통에서 걸어 나오며 욕지기를 삼켰다. 예민해진 감각이 지금 이 순간은 저주스러웠다. 정신을 혼미하게 만드는 악취와 피부에 달라붙어, 흘러내리고, 뚝뚝 떨어지는. 어제 오늘 아무것도 먹지 않았다는 것을 다행으로 여겼다. 먹었다면, 틀림없이 토했을 것이다.

"으……."

[왜 이런 미친 짓을 하는 건가……?]

마령이 어이없다는 투로 물었다.

"개같은 약속 때문이지."

이성민은 그렇게 중얼거리며 두 눈을 질끈 감았다.

오물 범벅이 된 자신의 몸을 똑바로 볼 자신이 없다. 똥통에 담그겠다고 할 때마다 얌전해지던 허주를 떠올렸다. 그럴 만도 했다. 아무리 세상을 오시하던 대요괴라고 해도, 똥통에 담가지는 것은 끔찍한 일이었다.

이성민은 마법으로 몸에 묻은 오물과 악취를 깨끗이 지워냈다. 그렇게 했음에도 몸이 찝찝했다. 이성민은 몇 번에 걸쳐 마법을 펼치며, 품 안에 있던 제니엘라의 영혼 구슬을 꺼냈다.

구슬 안에서 제니엘라의 영혼이 웅크려 있는 것이 보였다. 무릎에 머리를 묻은 그녀는 작은 목소리로 저주를 중얼거리고 있었다.

[꺄아아아악!]

손톱으로 구슬의 표면을 긁으니 제니엘라가 비명을 지른다. 제대로 일어났나 확인할 겸 영혼 구슬을 흔들었다.

구슬 안에서 제니엘라의 영혼이 요동쳤다. 이성민은 안에서 덜덜 떠는 제니엘라의 영혼과 눈을 한 번 맞대주고서, 그녀의 영혼을 똥통 안으로 던졌다.

[뱀파이어 퀸이 저렇게 몰락할 줄이야.]

'지은 죄가 있으니까.'

[언제까지 데리고 있을 건가?]

'내가 질릴 때까지.'

이성민은 그렇게 대답하고서 결국 새 옷으로 갈아입었다. 마법으로 악취를 지워내고 몸을 청결히 하고, 옷까지 새것으로 갈아입었지만, 기분은 좋지 않았다.

허주가 있다면 괜한 약속을 하였다고 칭얼거리기라도 하겠지만, 허주도 없다. 그렇다고 마령에게 투덜거리고 싶지도 않았다. 하는 수 없으니 제니엘라를 괴롭히는 수밖에.

내일이면 숲에 가야 한다. 그 생각을 하니 기분은 더욱 가라앉았다. 피하고 싶어도 피할 수 없다. 숲에서 위지호연을 만날 수 있을까. 그녀에게 어떤 이야기를 해야 할까. 설득은? 지금의 내가 위지호연과 싸운다면⋯⋯.

이성민의 표정이 굳었다.

위지호연과의 싸움을 상상해서가 아니었다. 그는 천천히 머리를 돌렸다. 뼈와 근육이 삐걱거리는 것만 같았다. 고요했던 감정이 요동치고 심장이 쿵쿵거리며 뛰었다. 이성민은 감각이 달아오르는 것을 느꼈고, 머릿속에서 들리는 제니엘라의 비명을 차단했다.

똥통에서 나와 이성민에게 돌아간 제니엘라는 흐느끼며 죽여달라 애걸했다. 이성민은 영혼석을 아공간 포켓 안에 처박고서 주먹을 쥐었다.

"무신이군."

마령은 대답하지 않았다. 멀지 않은 곳에서 무신이 기운을 발하고 있었다. 너무 노골적이었다. 마치 유인하는 것처럼, 아니, 유인이 맞겠지.

[의도를 모르겠군······.]

마령이 중얼거렸다.

[신령은 함께 있지 않다. 하지만······ 신령의 파편이 느껴지는군.]

'파편?'

[월후를 말하는 것이다.]

월후라. 이성민의 입꼬리가 씰룩거리며 올라갔다.

월후가 몸뚱이로 삼은 엘프 레비아스. 그녀와 이성민 사이에는 사적인 원한이 있었다. 월후에게 육체를 빼앗긴 레비아스에게 그런 의식이 있을지는 모르겠지만.

'잘 됐어.'

이성민은 진심으로 그렇게 생각했다. 줄곧 무신과 월후, 영매를 쫓고 있었다. 프라우의 주술을 써서 그들의 위치를 찾아보는 것도 시도했었지만 실패했다.

그런데, 무신 쪽에서 찾아와 주었다. 지금도 멀지 않은 곳에서 노골적으로 기운을 발산하며 이쪽으로 오라고 부르고 있었다.

[신령의 의도를 모르겠어······. 여태까지 신령은 너와 직접 충돌하는 것은 최대한 피해왔다. 그런데 왜 인제 와서 무신을

너와 싸우게 하는 것이지?]

마령의 말대로였다. 잠자는 숲에서 정령의 여왕을 쓰러뜨릴 때, 그 근처에 무신이 있었다. 만약 그때 신령이 무신을 충동질했더라면, 무신과의 싸움을 피할 수 없었을 것이다. 그리고 십중팔구는 이쪽이 전멸했겠지.

하지만 신령은 무신을 충동질하지 않았다. 무신은 지쳐 있는 이성민 일행을 습격하지 않았다. 그 시점에서 신령은 무신을 써서 이성민을 죽이려 들지 않았다.

신령이 무슨 의도로 무신을 이곳에 보내고, 이성민을 유혹하는지는 알 수 없었다. 뻔한 함정이라는 생각이 들었지만, 이성민은 피하고 싶지 않았다. 피할 이유가 없었다. 신령은 운명에서 벗어나 있는 이성민에게 간섭할 수가 없다. 오히려 이것은 좋은 기회였다.

빠지지직!

허공에 전류가 튀는 것을 느꼈을 때, 이성민은 이미 무신의 앞에 있었다.

무신은 그 경이적인 속도에 조금 놀랐지만 당황하지는 않았다. 그는 근엄한 표정으로 뒷짐을 진 자세를 흐트리지 않았다.

잦아드는 전류 속에서 몸을 일으킨 이성민은, 천천히 고개를 들어 무신을 보았다.

"……으음."

무신은 금색으로 물든 이성민의 눈을 보며 눈썹을 찡그렸다. 월후는 무신의 곁에 서서 싸늘한 눈으로 이성민을 노려보았다.

"사특한 기운이로다……."

무신은 낮은 목소리로 뇌까렸다.

이 공간에 이성민이 존재한다는 것 자체만으로도 기운이 일렁거린다. 인간이라고 생각할 수 없는 요악함을 느끼며 무신의 표정은 딱딱하게 굳었다.

그것으로 무신은 확신했다. 눈앞에 있는 '저것'이야말로, 종언의 가장 큰 재앙 중 하나일 것이라고. 동시에 무신은 가슴 깊은 곳에서 사명감을 느꼈다.

"일천이에게 무공을 사사했으면서도, 결국 사특한 요마의 힘에 심취하였구나."

근엄한 목소리로 꾸짖는 말에 이성민은 헛웃음을 흘렸다. 순간, 그는 자신의 귀를 의심했다.

"아니면 결국 제자는 스승을 따르게 마련인가. 요마의 힘 따위에 취하지 않아도, 예전에 '인간'이었던 일천이의 무공은 훌륭했거늘……. 스승과 제자가 똑같이 요마의 힘에 심취하다니."

이성민은 아무것도 쥐지 않은 주먹을 쥐며, 무신의 두 눈을 응시했다. 무신의 눈은 참, 맑았다. 삶의 대부분을 무당산에서 보낸 검선의 눈과 비교해도 크게 탁하지 않았다.

무신은 자신이 뱉은 말에 조금의 거짓이나 흔들림을 느끼고 있지 않았다. 무신은 '정말로' 자신의 행동이 종언을 막기 위한 것이며, 자신을 압도했던 사마련주의 강함은 무공에 의한 것이 아닌 종언을 집행하기 위한 요마의 힘이라고 생각하고 있었다.

지금도 마찬가지였다. 저런 맹목적인 믿음이 신령에 의한 것일까. 아니면 무신이 본래 저런 성격인 것일까. 이성민은 그것이 꽤 궁금했다.

"부끄럽지 않으냐?"

무신이 일갈했다.

"아무리 요마의 힘에 취했다 한들, 너 또한 한때는 올바른 무도의 길을 걷는 무인이었을 것이다. 그런데 그런 잡스러운……."

"무신."

꾸짖는 말을 들을 필요는 없었다.

이성민은 등 뒤를 힐긋 보았다. 커다란 성문이 보였다. 성벽 위의 병사들이 두 눈을 동그랗게 뜨고 이쪽을 내려 보고 있었다.

"당신은…… 당신이 믿는 것을 의심한 적이 없나?"

"본좌를 현혹하려 들지 마라."

무신이 굳은 표정으로 답했다.

쿠오오오!

무신의 발밑에서 푸른빛이 솟구쳤다. 그것은 거대한 불꽃이 되어 무신의 몸을 집어삼켰다.

새파란 강기 속에서 무신의 머리카락이 위로 솟구쳤다. 사마련주와의 싸움에서 잃은 왼팔의 소매가 크게 펄럭거렸다.

"본좌는 스스로의 믿음을 단 한 번도 의심한 적이 없다. 오히려 본좌가 너에게 묻고 싶구나. 너는 스승의 비참한 죽음을 보았으면서도 왜 멈추지 않은 것이냐. 그때의 너도 괴물에 가깝기는 하였다만, 지금만큼은 아니었다. 너는 이 세상에 조금의 애정도 품은 적이 없는 것이냐? 왜 너 스스로 세상을 망치고 짓밟아 끝내는 종언의 괴물이 된 것이냐?"

무신의 고함이 사자후가 되었다. 쩌렁쩌렁 울리는 외침이 성벽을 뒤흔들었다. 성벽 위의 병사들이 비명을 지르며 귀를 틀어막았다. 무신은 외치는 말을 멈추지 않았다.

"누구에게나 죽음을 선택할 권리는 있다. 누구나 죽음을 바라지 않고 삶을 바란다. 종언은, 이 세상 모든 이들의 바람을 짓밟고 생을 영위하는 모든 이들을 기만하는 끔찍한 결말이다. 본좌는 절대로 그런 결말을 바라지 않는다. 본좌의 모든 것을 바쳐서라도 그 결말을 막고야 말리라!"

"아아……."

월후는 무신의 곁에서 그 외침을 들으며 몸을 떨었다.

무신이 외치는 사자후에 심령이 뒤흔들린 병사들이 이성민을 보았다. 그들은 무신이 외치는 말을 모두 이해하지 못했으나, 성문 앞의 대치에서 종언에 대해 외치는 무신에게 압도되었다.

"들으라!"

무신의 사자후에 더욱 힘이 실렸다.

"머지않아 세상은 멸망하고 말 것이다. 그것이 정해진 운명의 끝이기 때문이다! 그것이 바로 종언이다! 보라! 본좌의 앞에 있는 저 괴물이 그 종언을 집행하는 괴물 중의 괴물이다. 십 년 전에 사마련주 양일천이 종언을 집행하는 괴물이었고, 이제는 그 제자가 새로운 괴물이 되었다!"

마음대로 떠드는군. 이성민은 기가 차서 무신이 외치는 말을 들었다.

"너를 죽인다고 해서 종언이 끝나지는 않을 것이다."

쿠웅! 무신이 힘을 주어 한 걸음 앞으로 걸었다. 그의 몸을 휘감은 푸른 불꽃은 더욱 거세어졌고, 무신의 두 눈은 결의와 사명감으로 빛났다.

"하지만, 너를 죽이면 오늘의 멸망이 하루는 밀려나겠지. 사마련주를 죽여 10년의 유예를 얻었듯이!"

"그만."

듣고 싶지 않았다. 많이 참고, 많이 들어주었다. 무신이 진심으로 외치는 말들을 들으면서, 조금의 안쓰러움도 느끼기는 했다.

무신은 신령의 완전한 꼭두각시였다. 자신의 믿음을 조금도 의심하지 않는다. 신령에게 휘둘리고 있을 뿐이지, 무신 자체가 그리 큰 악인이라는 생각은 들지 않았다. 이 세상을 종언의 운명에서 벗어나게 하고 싶다는 것은 무신의 진심이었다.

"너무 많이 말하지 마."

그렇다고는 해도 기분이 나쁘다. 열 받고, 불쾌하고, 짜증 나고, 증오스러웠다. 많이 참았다. 많이 들었다…….

이성민은 결의와 사명감에 찬 무신의 눈을 보았다. 조금의 의심도 없는 저 눈을 뽑아버리고 싶었다. 친밀한 사이였다는 듯 사마련주의 이름을 불러대는 혀를 뽑아버리고 싶었다.

"부끄럽지도 않나?"

이성민은 천천히 앞으로 걸었다.

파직!

자색 전류가 튀고, 그의 손에 기다란 창이 쥐어졌다.

"자기 힘으로 죽인 것도 아니면서."

그 말을 했을 때, 무신의 눈썹이 꿈틀거렸다. 이성민은 무신이 순간적으로 느낀 '동요'를 놓치지 않았다. 그는 헛웃음을 흘리며 이죽거렸다.

"아, 그래. 부끄러움은 느끼는 모양이지. 10년 전에 당신은…… 내 스승님의 자비로 목숨을 건졌다."

"닥쳐라."

"떳떳한 척하지 마. 혼자서 안 되니까 월후와 합공했으면서."

"종언의 괴물과 맞서기에 본좌의 힘이 부족했을 뿐이다. 괴물이 되어 부조리한 힘을 얻은 일천이를 본좌의 손으로 보내준 것이 한때 우정을 나눈……."

"하하하!"

무신이 내뱉는 말에 이성민은 참지 못해 웃음을 터뜨렸다.

"대단한 자기 합리화야."

이성민은 웃음으로 얼굴을 일그러뜨리며 그렇게 이죽거렸다.

"스승님은 당신을 죽일 수 있었어."

무신의 어깨가 부들거리며 떨렸다. 극복했다고 생각한 그때의 기억을 떠올렸다. 자신의 모든 무공을, 힘없는 손짓 한 번으로 모조리 지워 버린 사마련주의 수법을.

"하지만 죽이지 않았지. 팔 하나…… 가져가는 것으로 그만두었어. 지금은 어떤가? 외팔이도 살 만해?"

"본좌를…… 현혹하지 마라……."

"비꼬는 거야."

이성민은 양손으로 무형창을 잡았다.

"팔 하나를 뜯는 것으로 그만두었던 것은, 스승님이 너를 존중했기 때문이었다."

무형창의 끝에 빛이 모였다.

"그리고 제자인 나를 믿어서였지. 하지만…… 당신은…… 내 스승님을 존중하지 않는군. 그래도 다행이야. 부끄러움은 아는 듯하니."

"놈……!"

무신의 두 눈에 불이 켜졌다.

쿠웅!

묵직한 소리와 함께 무신의 몸이 사라졌다.

"10년이야."

이성민은 작은 목소리로 중얼거렸다.

파지지직!

이성민의 몸을 둘러싼 자색 전류가 사방으로 튀었다.

"복수까지 오는 것에 참 오래도 걸렸어."

이성민의 창이 무신이 움직이는 곳으로 향했다.

공격하는 사고의 흐름을 뚝, 끊어내는 것처럼 들어왔다. 허공을 박차 달리던 무신은 쑥하고 들어오는 창격에 흠칫 놀랐다. 그는 뛰던 속도 그대로 몸을 비틀며 하나뿐인 손을 휘둘렀다.

쩌엉!

무신의 손짓과 무형창이 충돌했다. 무신은 손에서 전해지는 묵직함에 표정을 굳혔다.

이성민은 흩어지는 무형창을 힐긋 보며 무릎을 굽혔다. 줄곧 바라던 일이다. 이유가 어찌 됐든 간에 무신은 스승의 원수였다. 신령에게 이용당하고 있을 뿐이라고 해도, 무신이 사마련주를 죽였다는 사실은 변하지 않는다. 그리고 무신이 그의 죽음을 모욕한 것도. 그를 존중하지 않은 것도.

그렇기에 이성민은 무신을 죽이고자 했다. 신령의 꼭두각시인 무신을, 스승의 원수인 무신을.

이성민이 발뒤꿈치를 들었다. 이쪽을 향하는 시선들은 노골적이었다. 무신이 들으라는 듯이 외친 말 덕분에 성벽 위의 병사들은 이성민에게 적대감을 가지고 있었다. 성문 너머에도 사람들이 모였다. 구경꾼들의 시선에 기분이 그리 좋지 않았다.

무신이 모습을 보였다. 아무것도 없는 허공에서 그는 유령처럼 모습을 드러냈다.

무신의 보법은 안다. 암존이 쓰던 신출귀몰한 보법. 그 원류인 무신은 10년 전 사마련주와 싸웠을 때보다 몸놀림이 훌륭했다.

이성민이 기억하고 있는, 사마련주의 기억이 무신의 보법에 흐뭇함을 느꼈다. 그리고 이성민은 살의를 느꼈다.

파바바박!

찰나의 순간에 수십의 공방이 오갔다. 무신의 팔은 하나뿐이었지만, 그의 공격은 하나뿐인 팔로 펼치는 것이라 생각할 수 없을 정도로 정교했다.

이성민은 시큰둥한 얼굴로 손에 쥔 무형창을 내려 보았다. 창두와 창대가 엉망으로 짓이겨져 흩어지고 있었다.

무신은 소매를 크게 펄럭거리며 이성민을 향해 손바닥을 펼쳐 보였다.

"오거라."

무신이 이성민을 노려보며 말했다.

"제자의 죄는 스승이 바로잡아야 한다지만, 네 스승인 일천이는 이미 십 년도 전에 죽어버렸구나. 내 비록, 종언의 재앙인 너를 물리쳐야 하는 몸이다만……. 널 죽이기 전에, 네가 걷고 있는 사도(邪道)가 얼마나 잘못된 길인지 알려주도록 하마."

"하하……."

이성민은 무신의 꾸짖음을 들으며 헛웃음을 흘렸다. 이쯤 되면 저렇게까지 진지한 무신의 꼴이 우스웠다. 동시에 짜증이 진해졌다.

무신은 아까부터 사마련주의 죽음을 언급하고 있었다. 당당하지도 않은 주제에 왜 자꾸 언급하는 것일까. 어쩌면 이런 식으로 내 마음을 흩뜨리려는 것인가? 만약 그렇다면 무신은 뱀처럼 사특하고 간교한 인물일 것이다.

"합공은 안 하나?"

"본좌 혼자로도 충분하다."

무신이 힘을 주어 내뱉었다. 그렇게 자신할 만도 했다. 무신의 몸을 뒤덮은 호신강기는 틈을 찾아볼 수 없을 정도로 견고했고, 쉽사리 뚫릴 것처럼 보이지도 않았다.

외팔이라고는 해도 무신 정도의 고수에게 팔 하나의 부재는 그리 큰 흠이 되지 않는다. 그것은 무신이 단련해 온 무공의 특성 때문이기도 했다. 그는 환(幻)의 극에 달한 고수다. 실체가 없는 허상이라고 하여도, 무신이 쓴다면 이야기가 달라진다.

무신의 손이 천천히 움직였다. 움직인 손은 수십의 잔상을 만들었고, 그것이 각각 다른 동작을 취하며 이성민을 노렸다.

"너에게 훈계를 내리는 것에는 말이다."

박수라도 치고 싶었다. 무신은 완벽한 멍청이에 등신이었다. 가만히 있으면 대체 어디까지 저 콧대가 높아질까. 그것을 보는 것도 제법 재미있겠지만, 그렇게 해주기에는 이성민의 기분이 너무 좋지 않았다.

열이 뻗쳐 잊고 있었는데, 이성민이 똥통에 몸을 담그고 뺀지는 아직 삼십 분도 되지 않았다. 가뜩이나 그로 인해 기분이 엿같은데, 사마련주의 죽음을 들먹이는 무신의 언변은 활활 타는 불꽃에 기름을 끼얹는 것과 똑같았다.

"그러니까."

이성민은 작은 목소리로 중얼거렸다. 무신이 만들어낸 수십의 잔영이 확실한 위력을 갖추고서 동작을 펼쳤다. 수십 종류의 권법을 상대로, 이성민은 새로이 만든 창을 들었다. 구천무극창의 구결이 머릿속을 가득 채운다. 자하신공과 흑뢰번천의 구결이 내공을 움직였다.

팡.

작은 소리가 났다. 창을 한 번 찌르는 소리였다. 멀리 뻗어나간 창두가 무신이 만들어낸 잔상의 주먹과 부딪쳤다.

힘없이, 당연히 그래야 한다는 듯이 잔상의 주먹이 사라졌다. 조금의 저항감을 느끼며 이성민은 발을 한 걸음 앞으로 뻗었다. 그만큼 창은 더 멀리 나갔다.

퍼버버벅.

잔상이 모조리 사라졌다.

"헛."

무신은 자신도 모르게 그런 소리를 냈다.

쫘아아앙!

뒤늦게 벽력이 터지는 소리가 났다. 그 일순간에 무신은 급히 상체를 비틀었다. 호신강기의 일부가 소멸했다. 직접 닿지 않고 스친 것뿐인데도 무신의 몸이 팽그르르 돌았다. 무신은 이를 악물며 허공을 박찼다.

접근하는 무신을 상대로 이성민은 물러서지 않았다. 아래로 내린 창이 유유히 움직였다.

파직.

전류가 튀었을 때 창은 저 앞선 곳으로 날아가고 있었다.

쩌어엉!

커다란 굉음이 천지를 뒤흔들었다. 무형창이 사라졌고 무신의 몸이 뒤로 쭉 밀려났다. 형성된 호신강기가 크게 요동쳤다. 무신은 묵직한 타격감에 놀라며 굳은 표정으로 이성민을 보았다.

그때, 이성민은 새로운 무형창을 쥐고서 무신을 향해 뛰어들고 있었다. 그리 빠른 속도는 아니었지만 피할 수가 없었다. 무신이 대응하기도 전에 이성민의 공격이 시작되었다. 창을 한

번 휘두르는 것으로 수백의 강기가 공간을 뒤덮었다.

"놈……!"

무신의 눈이 번쩍 뜨였다. 활짝 펼친 일장이 공간을 휩쓸었다. 공간 축이 무신의 힘으로 비틀렸다.

쩌저적!

시커먼 균열이 이성민과 무신 사이에 새겨졌고, 이성민의 공격이 그 틈 사이로 사라졌다. 무신의 머리카락이 위로 솟구쳤다.

"그따위 요마의 힘!"

"응."

무신이 외치는 말에 이성민은 작은 목소리로 중얼거렸다. 딱히 부정하거나 반박할 필요가 없는 말이었다.

무신이 말하는 것처럼, 이성민이 쓰는 힘은 요마의 힘이다. 정순한 내공이 아닌 폭력적인 요력이고, 이성민의 성취는 개인의 노력이 전부가 아니라 거듭된 기연과 우연, 운명 덕분이다.

딱히 그것을 부끄럽다고 생각하진 않는다. 재능이 없었던 것은 사실이다. 그 없는 재능으로 발악하고, 몇 겹의 가호와 우연과 운명과 기연으로 지금의 힘을 손에 넣었다.

"그래도 무시하지는 마."

조금 불쾌한 것은, 무신이 아직도 자신을 무시하고 있다는 것이다. 이성민은 손에 쥐고 있던 창을 놓았다.

"요마의 힘인 것은 사실이지만…… 무리(武理)가 부족한 것은 아니거든."

자색 전류가 이성민의 몸을 휘감았다.

"아니면, 10년이나 지나서 잊어버렸나?"

단순히 생각하지 못하는 것일지도 모르지. 무신은 이성민을 모르니까. 그렇다면 알게 해주면 된다.

이성민의 발끝이 가볍게 튕겼다. 붕 떠오른 몸이 자색 전류에 휘감겼다.

'아…… 이건…….'

무신의 두 눈이 크게 흔들렸다. 그는 이것을 알고 있다.

어느새 무신은 폭풍의 중심에 서 있었다. 세상 모든 풍경이 일그러지고 있었다. 폭풍을 구성하고 있는 것은 셀 수 없이 많은 번개였다.

무신은 급히 머리를 돌려 주변을 보았다. 이성민의 모습을 찾기 위해서였지만, 보이지 않았다. 보이는 것은 공간을 가득 채운 번개뿐이다.

"만뢰."

멀리서 그런 목소리가 들렸다.

꽈지지지직!

쏟아진 번개가 무신과 충돌했다. 무신은 크게 숨을 삼키며 호신강기를 극성으로 끌어 올렸다. 새파란 빛이 무신의 몸을 보호했다. 만뢰는 이제 시작되었을 뿐이다. 연이어 터진 번개가 무신을 노렸다.

"아아아아!"

무신은 고함을 지르며 오른손을 높이 들었다. 10년 전의 일이 떠올랐다.

그때와 똑같다, 아니, 같지 않다. 저것은 사마련주 본인도 아니고, 무신은 10년 전의 무신이 아니었다. 굴욕스러운 승리 이후의 폐관은 무신을 더욱 높은 경지로 끌어올렸다.

쫘르르릉!

무신이 내지른 일장이 만뢰의 번개와 충돌했다. 만뢰가 흩어졌다. 무신은 두 눈에 불을 켜고서 폭풍 속으로 뛰어들었다.

그 속에서 이성민은 빙그레 웃었다. 그는 뛰어드는 무신을 반기듯 양손을 앞으로 내밀었다.

이성민의 양손 사이에서 자그마한 구체가 만들어졌다. 자색의 구체가 요력을 빨아먹으면서 그 크기를 키웠다. 구체를 가득 채운 힘은 쉬지 않고 움직이며 회오리쳤다. 그럴 때마다 빠직거리며 전류가 튀었다.

이성민은 부릅뜬 눈으로 일권을 날리는 무신을 향해 구체를 날렸다.

푸확!

크게 커진 구체가 무신의 시야를 가득 채웠다.

"이따위⋯⋯!"

무신이 주먹을 내질렀다.

꽈아앙!

빛의 구슬이 터졌다. 무신의 몸이 거대한 힘에 밀려났다. 이성민은 그 모습을 보며 큭큭 웃었다.

질풍신뢰 멸살. 이성민의 몸이 한 줄기 번개가 되었다. 무신은 헉하고 숨을 삼키며 호신강기를 재구성했다.

하지만 이성민의 공격은 그것보다 빨랐다.

꽈직!

채 완성되지 못한 호신강기 위로 무형창이 찍혔다. 무신은 입술을 꽉 물었다. 뒤로 밀려나는 무신의 몸을 쫓아 이성민의 창이 앞으로 쏘아졌다.

'그때와는 다르다.'

무신은 날아오는 창을 보면서 이를 악물고 생각했다. 목구멍에서 올라오는 피의 맛이 비렸다. 그 비린 맛이 무신의 정신을 날카롭게 각성시켰다.

무신의 손이 가슴 앞으로 향했다. 그의 등 뒤에서 후광이 빛나더니 무형의 손들이 만들어졌다. 그것은 마치 천수여래(千手如來)가 모든 팔을 펼치는 것 같은 모습이었다.

무신은 스스로를 믿었다. 10년 전에는 불가능했지만, 지금은 아니다. 10년의 폐관을 통해 무신은 자신을 괴롭히던 사마련주의 그림자에서 벗어났고, 그를 뛰어넘었다. 10년 동안, 끝없이, 계속, 쉬지 않고. 10년 전 설원에서의 싸움을 회상하고, 상상해 왔다.

하지만 언제나 마지막에서 막혔다. 사마련주의 수법을 이해하려 했다. 다시 한번 그 상황이 된다면 나는 사마련주를 죽일 수 있을까 상상했다. 줄곧 답을 구했다.

사마련주에게 잘렸던 왼팔. 10년 내내, 폐관 중에 무신은 왼팔의 격통을 느꼈다. 있지도 않은 팔이 있는 것처럼 아팠다. 폐관을 끝내고, 암동을 나왔을 때. 무신은 갈구하던 답을 구했다. 왼팔에서 통증을 느끼지 않았다. 그러니, 다르다. 달라야만 한다. 그는 답을 냈고, 극복했고, 성장했고.

'정말로?'

퍼퍼퍼펑!

천수여래가 무너진다. 꽉 다문 입술 사이로 핏물이 튀었다. 무신은 허우적거리듯 손을 휘저었다. 공간이 갈라지며 푸른빛이 전면으로 뿜어졌다.

그 살벌한 강기의 세례에도 이성민은 물러서지 않았다. 그가 쥔 무형창은 단순한 움직임으로 무신의 강기를 소멸시켰다.

무신의 뺨 근육이 경련하듯 떨렸다. 그럴 리가 없다. 저놈은 사마련주도 아니다.

'나는, 답을……'

왼팔이 아팠다. 있지도 않은 왼팔이 타들어 가는 것처럼 아팠다. 찢어지는 것처럼, 박살 나는 것처럼 아팠다. 그 통증이 무신의 가슴을 뒤흔들었다.

이럴 리가 없었다. 모르겠다. 애초에 그때 사마련주는 죽었던 것인가? 폐관 중에 느꼈던 의문은 어느새인가 사라졌다.

답을 구했느냐는 영매의 질문에, 무신은 '나름대로'라는 대답을 했었다. 그런 대답을 할 수밖에 없었다. 제대로 된 답을 구하지 못했는데 뭐라고 말을 한단 말인가. 그는 여전히 사마련주의 수법을 이해하지 못했고, 상상 속에서조차 사마련주를 쓰러뜨리지 못했다.

그래, 답을 내놓지 못하고 도망친 것뿐이다. 10년의 폐관에서 무신은 대단한 것을 얻지 못했다. 조금의 성취를 얻은 것은 사실이었지만 고작해야 이 정도밖에 안 된다.

무신은 사방을 뒤덮은 자색 전류와 그 너머에서 비웃는 이성민의 얼굴을 보며 숨을 삼켰다. 눈앞에 있는 것은 사마련주가 아니다. 그것이 무신을 더욱 비참하게 만들었다.

"나, 나는……."

무신의 얼굴이 일그러졌다. 자존감으로 기워 만든 가면이 박살 나고 있었다.

to be continued